雨花忠魂

雨花英烈系列纪实文学

八月桂花遍地开

黄瑞生烈士传

辛易 著

江苏凤凰文艺出版社
JIANGSU PHOENIX LITERATURE AND ART PUBLISHING

图书在版编目（CIP）数据

八月桂花遍地开：黄瑞生烈士传 / 辛易著. -- 南京：江苏凤凰文艺出版社，2020.11（2023.5重印）
（雨花忠魂. 雨花英烈系列纪实文学）
ISBN 978-7-5594-5095-1

Ⅰ. ①八… Ⅱ. ①辛… Ⅲ. ①纪实文学－中国－当代 Ⅳ. ① I25

中国版本图书馆 CIP 数据核字 (2020) 第 153697 号

八月桂花遍地开：黄瑞生烈士传

辛易 著

出版人　张在健
责任编辑　姜业雨　傅一岑
封面设计　马海云
责任印制　刘　巍
出版发行　江苏凤凰文艺出版社
南京市中央路 165 号，邮编：210009
网　址　http://www.jswenyi.com
印　刷　阳谷毕升印务有限公司
开　本　880 毫米 ×1230 毫米　1/32
印　张　5.75
字　数　150 千字
版　次　2020 年 11 月第 1 版
印　次　2023 年 5 月第 3 次印刷
书　号　ISBN 978-7-5594-5095-1
定　价　30.00 元

“雨花忠魂·雨花英烈系列纪实文学”
丛书编委会名单

万里长空且为忠魂舞

中共江苏省委书记　娄勤俭

天地英雄气，千秋尚凛然。雨花台，这片深深浸染着英烈鲜血的山岗，曾见证了几代仁人志士信仰至上、慨然担当的英雄壮举，也铭记着无数革命先烈舍身为民、矢志兴邦的不朽事迹。在这里，彪炳日月、名垂青史的革命烈士就有1519人；也是在这里，还有更多鲜为人知的英烈故事，无法铭刻于碑文，没有见诸史册，像一粒粒晶莹的雨花石，深埋在雨花台殷红的泥土里。理想之光不灭，信念之光不灭。英烈们的背影虽然早已远逝，但他们的集体“影像”已定格在永恒的瞬间，那就是义无反顾、慷慨赴死，前赴后继、为国捐躯，用热血和生命铸就了信仰丰碑，在血与火的洗礼中撑起了民族脊梁，谱写出一部又一部壮怀激烈、气吞山河的“英雄交响曲”。

英雄是旗帜，革命英雄是民族的共同记忆。习近平总书记指出：“对中华民族的英雄，要心怀崇敬，浓墨重彩记录英雄、塑造英雄，让英雄在文艺作品中得到传扬，引导人民树立正确的历史观、民族观、国家观、文化观。”为缅怀英烈伟绩、弘扬崇高风范，培育和践行社会主义核心价值观，培养爱国主义、集体主义精神和社会主义道德风尚，江苏省委宣传部、江苏省作家协会组织创作了《雨花忠魂·雨花英烈系列纪实文学》丛书，以文字、文学、文化的形式，讲述英烈的感人故事，表现英烈的高尚情操，诠释英烈的不朽精神。这一个个闪亮耀眼的名字，如同一座座高耸入云的丰碑，始终矗立在一代代共产党人的灵魂深处。这套丛书，为更好地传承弘扬“雨花英烈精神”提供了生动教材，也为教育党员干部走进历史、追寻英烈，激励党员干部不忘初心、牢记使命，永葆革命本色提供了精神之“钙”。

英烈风骨犹存、感召后人；历史启迪心灵、照亮未来。牺牲在雨花台的我党早期领导人恽代英曾说：“我们吃尽苦中苦，而我们的后一代则可以享到福中福。为了最崇高的理想——共产主义，我们是舍得付出一切代价的。”可以告慰雨花英烈的是，经过七十余年的不懈奋斗，近代以后久经磨难的中华民族，迎来了从站起来、富起来到强起来的伟大飞跃，一幅国家富强、人民幸福、民族复兴的壮美图景正在祖国大地上全面展开。

与伟大祖国历史进程同步伐，江苏发展站到了新的起点上。深入贯彻习近平新时代中国特色社会主义思想，努力把习近平总书记为我们描绘的“强富美高”新江苏蓝图化为美好现实，推动高质量发展走在前列，迫切需要我们传承红色基因，用好红色资源，学习雨花英烈的崇高理想信念、高尚道德情操和为民牺牲的大无畏精神，不忘初心，砥砺前行。我们缅怀革命先烈，就要从前辈先贤身上汲取养分和力量，让他们曾经的牺牲和付出，成为今天前进的动力源泉，砥砺我们以永不懈怠的精神状态推进改革再深入、实践再创新、工作再抓实；我们讴歌革命先烈，就要用“雨花英烈精神”，激励全省人民更加主动担当新使命，意气风发创造新未来，不断开辟新时代中国特色社会主义在江苏实践的新境界。这，正是我们对革命先烈最好的礼敬与告慰。

沧海横流，英雄显本色；落花如雨，正气贯长虹。“万里长空且为忠魂舞”，“雨花英烈精神”必将长留在时光的长河和人民的记忆中。

是为序。

目　录

第一章
沙家湾出了个文曲星

沙家湾是一个小山村。

小山村位于安徽省六安市石婆店镇东南部，与著名的将军县金寨接壤，是中国十大名茶“六安瓜片”的主产地，有“六安瓜片第一村”美誉。

1904 年 8 月，金桂花开遍地时，这个小山村的黄先举家里降生下第二个儿子。黄先举在玉堂茶行做账房先生，断文识字，但儿子降生后，他却在孩子的哭闹声中急忙出门去请自己的父亲黄光雨。

黄光雨是当地有名的老塾师，膝下儿孙满堂，日子过得还算丰衣足食，只是都窝在了沙家湾，一个也没走出去。前些天他叮嘱过儿子黄先举，这一胎若为男丁他就要亲自赐名。他这是把希望寄托在孙子身上了。当他远远地听到婴儿哭声时，激动地对黄先举大声说，你听嘞，你听嘞，吾孙声音好脆亮!

老塾师甩掉儿子的手，跌跌撞撞奔向那屋。孙子拼命地哭着，但一看见他，竟戛然而止。望着孙子红嘟嘟的脸蛋，老塾师颔首微笑，掐指算了孙子的生辰八字，朗声赐名道：吾孙——名人祥，字瑞生。

老塾师赐了名号，又手捻胡须，眯起眼睛“日月星辰瑞历”地反复念叨。片刻后他睁开了眼睛，满怀喜悦地说，你们知道不？我的孙子是文曲星下凡嘞。

是嘞是嘞，就在一屋子人跟着点头时，有了名号的孙子居然咧嘴在笑。

发生在一个多世纪前的情景，至今无法考证其真伪，但沙家湾的后人都听说过，他们那里曾经出了个文曲星，这个是千真万确的。

黄瑞生 10 岁那年破蒙，在本村黄家祠堂师从塾师黄人柱。

那时他的祖父——年迈的老塾师已赋闲在家。老塾师虽然腿脚不便，却常拄着拐杖去黄家祠堂督学。有次塾师黄人柱对他说，黄老先生，你家瑞生聪明嘞，我才学没有你高，你也是一清二楚，瑞生若再师从于我，就怕耽搁了。老塾师知道黄人柱并非出于恭维。他的孙子记忆力过人，月余识字过千，《三字经》过目不忘。他问黄人柱，瑞生该如何是好。黄人柱说，其实师从您黄老先生最好不过了，只是黄老先生年岁已高，精力不济，不然也不会让我教瑞生。老塾师问，瑞生师从哪位塾师才好呢？黄人柱笑了，方圆百里的塾师黄老生谁人不知？

时隔不久，老塾师就把孙子送到了 20 余里外的石婆店忠义祠，师从当地最有名的塾师黄庭楷。黄庭楷带过的学生无数，很快就发现黄瑞生与众不同。有天黄庭楷对弟子们说，你们现在用的“一品斋”毛笔，选料精细、制作精良、国人尽知，是我们六安人的骄傲。接着黄庭楷就介绍了“一品斋”获得的荣誉：清宣统二年，“一品斋”送南洋劝业展览评比，获得银奖；同年秋送清政府工商部评比，“一品斋”又获得金奖。到了民国四年，“一品斋”还被选送巴拿马万国博览会参展。

黄庭楷本是通过介绍“一品斋”激发弟子们好好读书，没想到他问弟子有何感想时，黄瑞生眨巴眼睛，歪着脑袋说，先生，宣统二年前“一品斋”就远销全国了？

黄庭楷说不是，是获奖之后。

黄瑞生问，那又是谁把“一品斋”送去参展参评的呢？

黄庭楷说，是我们六安商会。

六安商会？黄瑞生嘀咕着问，先生，什么是商会？

黄庭楷愣了下才告诉黄瑞生，凡工商业者都要加入本行当的行会，不入行会者不得经营工商业。这个商会就是在各个行会基础上成立的一个社会组织。

黄瑞生对工商业者、行会、经营、社会组织这些名词很陌生，本想再往下问，但他注意到了黄庭楷的那一愣，就犹豫着点头，“噢”了一声。

类似的问题黄瑞生常问，这让黄庭楷回答起来颇费周折，但心里却越来越喜欢这个山村少年了。在黄庭楷的眼里，黄瑞生天资聪颖，是他从教多年难得一遇的才子。越是喜欢这个弟子，黄庭楷越是不安。天资聪颖的黄瑞生只要经名师指点一定会成就功名，虽然十里八乡尊他为“名师”，但他自忖不是，不能因此在自己手上耽搁了，但遗憾的是，整个皖西的教育都很落后，只有省城安庆才有像样的学堂和名师。

也许是上苍眷顾，1918 年秋冬，也就是黄瑞生师从黄庭楷的第四年，省立第三甲种农业学校在六安城创办。那时黄瑞生已经 14 岁了，得知“三农”在六安创办的消息，兴奋地提出要去六安投考。这是个难得的机会，黄庭楷当然支持这个聪颖的弟子。但大别山里的孩子，读得起私塾的已廖廖无几，黄瑞生家境虽然比较殷实，兄弟几个也不过是读了两三年私塾就回家做事。所以黄庭楷没有直接表态，而是沉吟一番后才对黄瑞生说，这是你人生大事，你得回去问问家里的上人。黄庭楷说的上人不仅是父亲黄先举，还包括祖父黄光雨。

聪明的黄瑞生明白黄庭楷这是支持他去六安投考的。次日一早，他就向黄庭楷请假，步行 20 多里回到了沙家湾。

他先跟父亲说了要去六安投考“三农”的想法。父亲觉得读几年私塾足够用了，还去六安上什么“三农”？但父亲不吭声。父亲知道儿子有悟性，儿子也知道他为何不吭声。儿子说，爸嘞，你倒是有个态度啊。儿子好像话里还有了点不满，父亲不得不说，孩嘞，兄弟几个确实数你最聪明，不过已经供你多读了几年私塾，你现在还要去六安读书，当你真是文曲星下凡了？

父亲这个态度，黄瑞生事先预料到了。他不怕父亲不同意，还有老祖父黄光雨呢。黄光雨一向疼爱他、支持他，尤其是读书学习。他满怀信心地去找他的祖父，没想到祖父并未马上答应他，竟不顾年迈，让儿子黄先举套上马车专门送他去一趟石婆店。

黄先举见父亲没答应黄瑞生去六安投考，心里自然高兴，但又不知此举何意，就问去石婆店做什么。老塾师反问他，你说做什么？瑞生要去六安投考“三农”，你不闻不问，我还不是替你去找黄庭楷问问“三农”情况？听父亲这么一说，黄先举脸上的一点笑意霎时跑得无影无踪，嘀咕着说，我哪不闻不问了？我不也是要去石婆店的吗？黄光雨说，那你还磨蹭个什么？赶紧套车走。

到了石婆店忠义祠，黄庭楷正在给弟子们授课。祖孙三人正要跨进祠堂大门，黄光雨站住了，说是等黄庭楷授完课再进去不迟。黄庭楷这时也看见了，他没料到老塾师亲自来了，赶紧结束授课，走过去请老塾师祖孙三人到厢房里叙话。几人坐定后，老塾师没有了解“三农”情况，反倒是问起了黄瑞生的学习。

黄瑞生见祖父问他学习，站起来要去找师兄弟说话。他望着黄庭楷，黄庭楷笑着点头。等黄瑞生出去了，黄庭楷说，这孩子肯定是问这两天我授课的内容去了。黄先举说，他非要赶在这个时候去问呀？黄光雨说，我看你还不如孩子，他是怕黄先生当着他的面不好如实说。黄先举脸耷拉下来，不再吱声。

介绍完黄瑞生的情况，黄庭楷说这孩子如经名师指点必成大器。黄光雨说，我就指望着你黄先生呢。黄庭楷叹气说，我已教了他几年，这孩子今后的发展我是无能为力了。黄光雨这才转入正题说，黄先生让瑞生回家问我们，他可否去六安投考一个叫“三农”的学校。这是所什么学校，我们一点不清楚，也就拿不定主意了。

终于问到了“三农”。黄庭楷憋不住了，兴奋地说，黄老先生，你知道“三农”前身是什么？是赓飏书院。你知道“三农”校长是谁？是沈子修。

黄光雨当然知道赓飏书院和沈子修了。赓飏书院由清代抗英名将刘耀椿捐俸银 1600 两修建而成，是他们做塾师向往的地方；沈子修曾在安徽公学、安庆法政专科学校等省城名校任教，在安徽教育界知名度很高，是他们做塾师的崇拜偶像。

但老塾师也只知其一不知其二。“三农”办学宗旨已不同于过去的赓飏书院，沈子修也不仅仅是教育界名人，更是反帝反封建的进步人士。早在 1907 年，沈子修从南京两江优级师范学堂毕业时就加入了同盟会，辛亥革命前在南京策动青年学生参加反清斗争。不久又受同盟会派遣，回到老家安徽从事革命活动。但十几年过去，安徽全省依旧一片黑暗。老同盟会会员、民革创建人之一的朱蕴山，在北京访问陈独秀、胡适等人后，回到安徽当时的省城安庆市，找到沈子修和法政学校校长光明甫等人会商，认为黑暗统治如此之长，并非安徽一省，应从改革教育、培养青年入手，以图长期革命，最终达到推翻黑暗世界的目的。经过反复商量，他们决定创办一所新型学校，“三农”这才应运而生。

当然，这不是身在大山里的老塾师能够想象得出来的，但无论如何都是因为老塾师的支持才使年少的黄瑞生没有错过这个机会。月余后，黄瑞生就以优异成绩考进了“三农”，跨出了他一生中迈向社会、走上革命之路的最重要一步。

在沙家湾这个小山村，当年不要说到六安上学了，去过的也没几个人。

那天黄先举套了马车送儿子，不仅他的全家人，全村几十口子都去送行了。在村头那棵树冠如一篷绿色巨伞的桂花树下，黄光雨当着众乡邻的面，攥着黄瑞生的手反复叮嘱，瑞生嘞，今你去六安求学，要怀光宗耀祖之志，要养天地之正气，要法古今之完人，如此方能建功立业、光大门楣。

在场的人都听见了，目光就齐刷刷地聚焦到了黄瑞生身上。

此情此景黄瑞生从未经历过，但掂量出了老塾师这番话所承载的分量。年少的他当时不知道该说什么好，唯一能做的就是小鸡啄米般地拼命点头。老塾师笑了。乡亲们笑了。他们在他略显稚嫩的脸上，看到了一个少年庄重的承诺。

黄光雨欣慰地手捻胡须，对儿子大声说，先举嘞，瑞生就交给你了，沿途山道崎岖坎坷，务必小心谨慎嘞。记住了，把瑞生送到六安即回报平安，省得乡邻担心惦记。记没记住了先举?

记住了，黄先举也大声说，山路我也常走，六安我也去过。

说着他就挥起马鞭在空中甩了个响，亮开嗓门“驾”地喊一声，欢快地上路了。父子俩开始都默不作声，跑了半天后黄先举憋不住了，张嘴唱起来：

小小鲤鱼是红鳃，
上街游到下的下街来，
头摇尾巴摆呀咳！

头摇尾巴摆呀咳！

打把金钩钓呀钓起来。

……

父亲这是心里高兴，黄瑞生情不自禁地跟着轻轻哼唱。唱毕，黄先举才记起儿子是不善歌唱的，就问儿子何时学会这首民谣的。黄瑞生说，心里早就会唱，只是今天唱了出来。哦？黄先举来了兴致，索性考考儿子，就问这首民谣叫什么。黄瑞生说，叫《小小鲤鱼跳龙门》。黄先举摇摇头笑了。

这名字哪个不知？高兴了、兴奋了、激动了，有了好事、喜事了，大别山人张嘴就来的民谣，问得真是多余。

那我再问你，黄先举笑着摇头后又问，你知不知道它的曲牌呢？

这回该问住儿子了，没想到儿子说知道，这首民谣的曲牌是“八段锦”。

大别山的人十之八九会唱《小小鲤鱼跳龙门》，却没个人知道它的曲牌，儿子是怎么知道的？黄先举愣了愣就问儿子。儿子说，他问的塾师黄人柱。

你这个也问？听不出黄先举是褒是贬，但自语后就不再问了，继续唱他的《小小鲤鱼跳龙门》。

进六安城时已是第三天的傍晚。黄先举找了家大车店住下，领着黄瑞生去了街边一家门脸较大的酒铺。他摸着口袋里的那几块大洋说，儿嘞，你是沙家湾的头一个文曲星，爸今天敞开了犒劳犒劳你。他有滋有味地点了油炸小河鱼、凉拌珍珠茶、桃溪瓦罐汤几个六安名吃，又要了一坛小吊米酒。酒菜上桌后，他给儿子也斟了碗酒。一碗酒下肚，父子俩脸上都泛起了红光。父亲边给儿子夹菜边说，瑞生嘞，我没你爷会说，既来六安读书了，就专心读罢，吃的用的千万不要省。望着平时省吃俭用的父亲，黄瑞生不停地点头，是呢，是呢，爸你放心，书读不好，我也没脸回去见你们。

次日一早，黄先举套上马车送儿子去“三农”报到。远远看到了校门，黄先举跳下马车，牵着走到路边一棵树下系好缰绳，然后掸掸落满灰尘的长衫，与儿子一起拎着箱子往校门走去。

报到的学生汇集于此，有的独自一人，有的家人相伴。黄先举看到前面有两乘小轿，指了下说，你看你的同学，上学还坐着轿子。黄瑞生知道父亲羡慕人家，说到“三农”是读书的，又不是坐轿子。黄先举当是儿子给他找台阶下，说你只要好好读书，将来不愁没轿子坐。

到了校门口，黄瑞生看到办好入学手续的同学都被各系科的一拨一拨地接走，就接过父亲手上的箱子，叫他抓紧回沙家湾，免得家人记挂。黄先举有点依依不舍，要送儿子去了宿舍再走。

两人正你来我去地说着话，校园里一群学生簇拥着两位先生往校门口走过来。有人大声说，同学们，同学们，沈校长他们看大家来了。黄瑞生顾不上跟父亲说话了，丢了句爸回吧，便兴奋地往大门里快步走去。

黄先举有点失落，回头走几步就圪蹴在墙旮旯里。他除了舍不得自己的儿子，也想就此看一看沈子修究竟是个什么样的人。

儿子走过去了，就站在沈子修的后面。

沈子修微笑着跟大家打招呼。看见墙边摆着两乘小轿，沈子修弯腰问蹲着的几个轿夫，这轿子是谁的，为什么要停在学校里。几个轿夫有点紧张，其中一个壮胆说，沈校长，我们是鼓楼九拐巷的刘先生雇的，他儿子考上了你们“三农”，正在屋里办入学手续。得罪了校长，我们挪个地方，现在就抬到大门外头。沈子修忙摆手说，不急，你们就在这歇着。然后对另一位穿长袍的先生说，朱先生，你兼教修身课，你看我们“三农”学生可否乘轿上学？

这位朱先生就是“三农”的主要创办者朱蕴山。朱蕴山会意一笑说，沈校长，我兼任修身教员，学生能否乘轿上学，等会儿请刘先生父子和轿夫们一起参与，我给大家说一说坐轿和抬轿的关系，算是我讲的一堂修身课罢。

刘先生父子出来了。刘先生见一群人在轿子旁边议论，不知发生了什么事情。一个轿夫对他说，先生，这是他们学校的沈校长，刚才问轿子怎么停在校门里了。刘先生听说是沈校长，马上笑容可掬，赶紧上前作揖打躬说，今天送犬子入学，轿子暂停此处，就走，就走。说完拽过儿子施礼，说犬子有幸考取“三农”，投在沈先生门下，还望沈先生多多教诲。

沈子修欠身还礼说，刘先生送子入学，拳拳之心岂不理解？不过，我想请问刘先生一个问题，不知可不可以？

刘先生有点诧异，说沈校长请讲。

沈子修就问，你住九拐巷，到我们“三农”没有几步路，为什么还要乘轿子？

刘先生说平常出门都是如此。

沈子修说，想必刘先生是大户人家，坐轿子再平常不过。

刘先生说是嘞，不知沈校长为什么要问这个问题？

沈子修指了下朱蕴山，这位朱先生是我们“三农”的创办人，他兼任修身教员，你可问他。

刘先生就转向朱蕴山，请朱先生指教。

朱蕴山说，那就耽搁刘先生一点时间，我来说说这坐轿与抬轿的关系。

坐轿、抬轿什么关系？不远处的黄先举心想，一个出力，一个出钱，无非就这关系，还能说出个子丑寅卯来？他竖起了耳朵。没想到朱蕴山竟把坐轿、抬轿说成是一种不平等关系。朱蕴山说，年老体弱者、腿脚不便者出行坐轿，那是应该的，但那些手脚便利、心智还未完全成熟的青少年，为什么也要坐轿子呢？答案只有一个，那就是坐享其乐。这与我们“三农”的宗旨背道而驰，不是我们要培养的学生。

刘先生望着沈子修。

沈子修说，在我们“三农”，不仅学生不坐轿，教员也不坐轿，以上率下、以身作则，这一条已写进教员守则，请同学们监督。

话毕，黄先举听到那群学生七嘴八舌地说话。

这其中也有他的儿子。

他听到儿子说，坐轿是“乐人肩上”，轿夫是“苦人脚下”。

儿子话一出口，就受到大家的夸赞。尤其是沈子修还说，这句话简单明了，概括得好，既准确又形象。朱蕴山对儿子也感兴趣，问儿子叫什么名字。有个跟儿子一起办入学手续的同学说，他叫黄人祥。儿子却马上接话，说我还有字，叫瑞生，黄瑞生。

黄先举听到了，就在心里笑，这孩嘞，还是喜欢老塾师赐他的字呢。

报到的学生越来越多。沈子修、朱蕴山带着那群学生帮着拎箱子、背包裹。黄先举瞪大眼睛跟踪他的儿子，直到儿子跟着沈子修、朱蕴山走远了，仍依依不舍地没有动弹。就在他犹豫着是否回去时，那位刘先生走过来了。他见刘先生走在两顶轿子旁边，有点诧异地盯着看。刘先生走到他跟前时，竟忍不住地问，咦，先生怎么不坐轿子了？

刘先生打量着黄先举。是个山里人，却穿长袍，刘先生猜着了八九，便笑着问，这位先生，你孩子也考上了“三农”？

听刘先生这么问，黄先举就有点得意地说，我孩子就是刚才说“乐人肩上”“苦人脚下”的那个。

刘先生“噢”了一声说，那是你孩子？沈校长都夸他了，今后一定有大出息。

是呢，是呢，认识我孩子的都说他是文曲星。

刘先生说，噢，我那孩子要好好向你孩子学习呢。

哪里，哪里。黄先举心里甜蜜蜜的，他瞥眼轿子问，先生的孩子不回了？

不回了。刘先生说，他们沈校长刚才说了，教员都跟学生同吃同住，我孩子还能住在家里?

黄先举还想跟刘先生攀谈，刘先生已拱手辞行。黄先举忍不住还是问了一句，刘先生，你这是放空轿?

刘先生说，惭愧呀，你家孩子不是说了吗，我再乘轿，那就是“乐人肩上”了。

“乐人肩上”——这话出自他儿子之口。黄先举心里的自豪感油然而生。他与刘先生分手后，再也憋不住了，总有一种想与人分享的欲望和冲动。他迫不及待地解开拴在树上的缰绳，跳上马车扬鞭驾驭而去。

回到大别山深处的沙家湾，当他激动地把所见所闻一股脑地说了后，老塾师比他还要激动，有点浑浊的眼睛里透出了明亮的色彩。

老塾师更深信不疑了，他的孙子就是沙家湾走出去的文曲星。

从此，老塾师就满怀信心地等待着有朝一日他的孙子衣锦还乡。

但他的孙子从“三农”毕业后就离开了六安，直到血溅雨花台也没能回来。

第二章
良师益友

“三农”素有皖西革命摇篮之誉，是当时国内为数不多的一所新型学校。

1917 年 11 月，朱蕴山、沈子修、刘希平等皖西旅省教育界人士会商，认为黑暗的统治局面并非安徽一省现象，应从改革教育、培养青年入手，去提高青年们的社会责任心，以图长期从事革命、改造社会。他们在省教育界知名人士李光炯、卢仲农、王肖山等人的支持下，决定回皖西创办省立第三甲种农业学校（简称“三农”）。1918 年秋，省教育厅批准了在六安筹建

“三农”方案后，他们当即协商，组成了以沈子修为校长的建校筹备委员会。皖西向来教育落后，没有中等专业学校，因而在六安创办“三农”受到皖西各界人士的普遍欢迎和支持，建校工作进展较快。

校长沈子修、学监桂月峰、文牍兼修身教员朱蕴山等“三农”主要创办者，不仅是先进的知识分子，还都是激进的民主革命斗士。他们把救亡图存、振兴桑梓教育作为办学宗旨，先后礼聘钱杏邨、王痴吾、乐天宇、汪溶生等一批进步知识分子来校任教。“三农”贯彻以传授科学知识为主的指导思想，一扫“尊孔读经”之陈腐教条，建校伊始就拓地70亩为农场、林场，作为学生实习之园地。更重要的是，“三农”在传授科学知识的同时，注重教育学生关心国家大事，引导学生走出校门参加社会活动。经过“三农”培养出来的学生，大多投身革命，很多人成长为党和红军的领导，其中包括后来曾成为中共主要领导的王明。

学生入学第一课，就是听校长沈子修讲解“质、实、勇、毅”的四字校训。“质”是人的本质纯厚，“实”是务实、诚实，“勇”是勇往直前，“毅”是刚毅、坚定。沈子修要求学生牢记校训，做一个有知识文化的为社会进步而献身的革命青年。

朱蕴山兼授修身课，授课的主题大多也是民主、民生和“三农”学生的未来。他在讲授中经常结合发生在并不久远的反清、反袁斗争，用活生生的现实引导教育学生，既要读好书本，也要读懂社会，更要改造社会。

学监桂月峰是“三农”的另一位创办者。他在几位创办者中年龄最大，但从不以老自居，处处以身作则，不仅不辞辛苦地操持学校日常繁杂事务，还坚持与学生同吃同住同劳动，在学生的眼里，他是位亦师亦友的长者。

学校除开设农、林两门专业课外，还开设国文、数学、英语、修身、社会发展史等课程。为了使学生在课堂上学的文化知识得到实践，每周农林实验场有8节劳作课。学校墙报上经常有学生写的劳作心得，其中一首小诗可见一斑：读书万卷又如何，不识农家谷与禾，幸得三农好教授，一卷天开靠科学。

为开展社会文化活动、宣传新思想新文化，学校成立了读书会、新文化演讲会、爱国剧社等组织。在沈子修、朱蕴山、桂月峰等人的引导组织下，学习《资本论入门》《新青年》《唯物论基础》《每周评论》等进步书刊，并结合国内外形势，经常开展诸如“中国向何处去？”“青年人的出路在哪里？”等发人深省的讨论。

有次读书会讨论时，沈子修提出一个问题：粮食是农民所种，因交田租，常忍饥挨饿，地主不劳而获，吃穿不愁，丰衣足食，公不公平？

学生们小声议论，却无人发言。

沈子修注意到，黄瑞生一声不吭，只是静静地听着。入学那天，黄瑞生说坐轿是“乐人肩上”、抬轿是“苦人脚下”，沈子修印象很深。此时沈子修见大家只议论不发言，就笑着点了黄瑞生的名。

黄瑞生很少第一个发言。校长点了名，他就有点犹豫地说，沈校长，我想得还不够成熟，也不知对不对。沈子修鼓励说，我们这是探讨问题，大家各抒己见，才能互相启发，越辩越明。黄瑞生就说，农民种地交租，天经地义，自古如此，可沈校长为何要提出这个问题呢？我想沈校长是要告诉我们，天经地义，自古如此，不等于就是正确的东西。最近我正好看《资本论入门》，知道了一些道理。我想，农民租田种地是不是就跟工人在资本家的工厂里做工一样？

说到这里，他住嘴望着沈校长。沈校长点头，鼓励他继续往下说。他就拿起桌上的那本《资本论入门》，边翻边说，这本书上写，资本家的工厂里，工人每天工作十几个小时，但还是饥寒交迫。为什么？因为资本家榨取剩余价值，剥削了工人。农民在地主的田里劳作，如同工人在工厂出卖劳力，同样受到了剥削。在我的家乡沙家湾，农民大多是靠租地，他们在地里辛苦劳作却填不饱肚子，遇到歉收年份，乞讨他乡的人很多。土地拥有者不劳而获，丰衣足食，种地的农民却衣不遮体，食不果腹，这在过去我是习以为常的。倘若世世代代如此下去，社会还能进步吗？中华民族还能富强起来吗？

他的这番发言令同学们刮目相看，也给沈子修再次留下了深刻印象。黄瑞生虽然不爱出头露面，但学习刻苦，成绩优异，而且最难得的是勤于思考、善于思考，很有睿智，这在学生中是少有的。沈子修对他很看重，不久就在“三农”成立学生会时，重点推荐了他。他也由此当选为“三农”学生会的首任副会长，两年后又当选为会长。

担任了学生会的主要负责人，黄瑞生与沈子修等进步人士就有了更多的接触，从他们身上学到了很多优秀品德。沈子修经常变卖自家财物资助生活拮据的学生，黄瑞生知道后特别感动，有次他跟沈子修提起这事，说校长关心学生真是无微不至。沈子修说，“三农”学生将来都是改变这个社会的栋梁之才，哪能因为生活拮据而半途而废？黄瑞生望着沈子修，想起了祖父在沙家湾那个村口的嘱咐。这让他十分感慨，祖父支持他考“三农”，很大程度上是因为他能师从沈子修，可祖父哪里知道，沈子修又何止是一位令人尊敬的学识渊博的教育家呢？

黄瑞生不吱声了，沈子修问他想到了什么。

黄瑞生说想到了他的祖父。

沈子修曾跟黄瑞生拉过家常，知道他是在祖父的支持下才投考的“三农”，就说你祖父可是一位受人尊重的老塾师呢。

沈子修这么说，黄瑞生就有点激动，说没想到沈校长还记得我祖父。

沈子修说，怎么会忘记呢？老塾师耄耋之年仍心系子孙成长，其精神可敬可嘉。

黄瑞生不好意地笑了说，他那是希望我光宗耀祖，光大门楣呢。

沈子修也笑了，哪家不是如此？

师生俩越说越贴心，后来又说起了学校的教学宗旨、学校的课程设置、学校的农林实验场、学校的“校舍落成”歌。当说到学校“校舍落成”歌时，师生俩不由感慨万分。这首后来成为校歌的“校舍落成”歌，是由音乐教员余良筹创作教唱的，不仅旋律催人奋进，其歌词还再现了“三农”的创办筹建。

当初在朱蕴山、沈子修、刘希平等人的努力下，安徽省教育厅批准创办“三农”，但筹建方案中除了赓飏书院是现存的建筑，其他的都是“纸上谈兵”。赓飏书院远远满足不了“三农”的规模，六安地方政府便将老衙门台广场作为临时校舍、操场，又划拨城北郊福德祠、大兴寺庙周边约百亩荒滩，供“三农”建设校舍、农林蚕实验场之用。通过师生共同努力，在不到半年时间里，建成砖瓦结构房屋 154 间和学生实验场 70 多亩。

新建成的房屋和实验场被师生们称为学校建设的“双喜”。沈子修、黄瑞生还清晰地记得，入迁新校舍时师生都唱着“校舍落成”歌，他俩轻轻哼唱：

双喜，双喜，双喜，吾校有根基
校舍幢幢起，望岳依城临淠水
农林实习所，尧望无与比
冈陵上，田地中，亭台下，池沼里，开发天然利
……

唱毕，沈子修问黄瑞生平时阅不阅读“三农”校报。黄瑞生说阅读，很多信息他都是从校报上获得的。沈子修又问是否记得校报上朱蕴山赠桂月峰的那首诗。黄瑞生说记得，稍作思忖便张口吟道：

五年不见鬓先斑，
忧国情怀火一团。
闭门但闻勤课读，
出门从不理衙官。

家贫心苦能常乐，
道梗时危岂畏艰。
皖山淮水荆棘满，
愿君从此种芝兰。

黄瑞生记忆力过人，背诵了朱蕴山的赠诗，沈子修并不惊讶。他笑着夸他背诵得一字不差后，又问黄瑞生，朱蕴山为何写的这首诗。

为什么要提这个问题，仅仅是让他回答这是朱蕴山对桂月峰的夸赞？黄瑞生暗自摇头，想了想就说，愿聆听沈校长教导。

于是，沈子修就给黄瑞生讲起了这首赠诗的来历。

筹办“三农”之初，朱蕴山想请有留日背景的桂月峰任“三农”学监。其时桂月峰正在老家金寨西乡准备创办“笃本学堂”。去金寨西乡时还没有修路，几乎都是山间小道，只能徒步而行。为了当面请桂月峰出山，朱蕴山冒着炎热酷暑，整整走了两天山路。桂月峰比朱蕴山大 15 岁，但志同道合，曾一起参加过反袁斗争，相见时离别已有 5 年。两人互诉衷肠，不约而同地谈起了教育，都认为革命之路漫长，必须培养新生力量。当桂月峰得知朱蕴山专程登门，就是邀他共同筹办“三农”时，欣然应允，并将其父的租田押金作为建校基金全部捐赠。此举令朱蕴山感动不已，当即提笔为桂月峰写下这首赠诗。

原来还有这段感人的故事。黄瑞生听后说他更加敬佩朱、桂二位先生了。沈子修问他为何更加敬佩，黄瑞生说，朱先生为了请桂先生出山共同筹办“三农”，冒炎热酷暑，徒步两天；而桂先生为了“三农”，则捐赠了父亲租田的全部押金。

沈子修并没接话，只是望着黄瑞生微笑。

黄瑞生知道沈校长习惯，不说话就是让你想想还有什么要补充的。回味片刻，他恍然大悟，惭愧地说，沈校长刚才说了，两位先生一起参加过反袁斗争，这是更值得我敬佩的地方，我想多了解一些两位先生的经历，沈校长能否再给学生讲一讲？

那我就再给你讲一讲两位先生。沈子修笑了，这正是他的目的。

朱蕴山，字锡藩，1887 年生，六安人。父亲朱衍是皖籍著名反清义士。朱蕴山幼年受父亲影响，立志读书报国。1906 年，19 岁的朱蕴山考取由反清志士徐锡麟主办的安徽巡警学堂。朱蕴山血气方刚、思想激进，徐锡麟很器重他，次年便介绍他加入光复会。朱蕴山参加光复会后，积极参加反清活动，并担任徐锡麟和安庆新军及安庆各学校进步人士的秘密联络员，成为徐锡麟的得力助手。1907 年 7 月 6 日，徐锡麟趁清庭巡抚恩铭来巡警学堂参加毕业典礼之机，枪击恩铭，率领学生举行起义。事败后朱蕴山和徐锡麟一起被捕坐牢、陪斩。辛亥革命后，两人获释，遂参加孙中山领导的革命斗争。袁世凯窃国后，朱蕴山又和徐锡麟参加讨袁军，并团结大批反袁志士，准备在安庆举行武装起义，成立讨袁临时军政府。不料事泄，袁世凯心腹倪嗣冲密令缉拿革命党人。朱蕴山再次被捕入狱，直到袁世凯在全国一片讨袁声中毙命，才重新获得自由。

桂月峰，原名月钊，字树丹，1872 年生，六安人。其父经营盐店生意，在乡下又有田产，家境颇丰。1894 年考入两江优级师范学堂，毕业后留学日本，入东京弘文书院，并在东京加入同盟会。辛亥革命后回国，与进步人士交往甚密，参加了反袁斗争。他先后在安庆、芜湖任教，叔父要他做官，他回信说，“晚辈志不在为官，向在为民。当前政治无道，为官虽能光宗，但必卑躬于上，愚民于下，是两者，皆为晚辈所不欲也”。

介绍两位先生时，沈子修只字不提自己，其实他跟朱蕴山同是安庆武装起义组织者。黄瑞生此前就听同学桂伯炎（桂伯炎是桂月峰长子，1927 年 1 月加入中国共产党，参加和领导过六霍起义，曾任中共六安中心县委常委兼宣传部长、六区区委书记、皖西北特区苏维埃文教委员会主任。1931 年冬，因不满张国焘的错误肃反路线，被诬为“改组派”，错杀于麻埠）说过，沈子修同样是坚定的反帝反封建义士。在组织六安武装起义时，沈子修与另一组织者段瑞兰负责筹集到经费2000块大洋，在购买枪支过程中不慎泄密，幸得朱蕴山好友、皖省警务处督察长翟少垣及时送来两张通行证，两人才连夜逃脱出城。

沈子修见黄瑞生陷入沉思，知道这个年轻人受到了启发，就笑着说，瑞生哪，读书为了什么？ 学知识、明道理，这是读书的应有之义，但现实的中国仅仅做到这些远远不够，还要走上社会、改造社会，还要学会从书本上学不到的联系民众、教育民众、发动民众、组织民众的各种本领。

这一番话说得黄瑞生频频点头。

在“三农”这所新型学校里，黄瑞生正由少年向青年成长，其吸收的新思想、新文化、新知识也在这一过程完成了由被动到主动的嬗变。 在师生的眼里，那个内敛、寡语的黄瑞生不见了，取而代之的是一个不仅学习刻苦、善于思考而且还主动汲取别人长处的黄瑞生。 最为明显的是，以前参加读书会、演讲会时他很少开口，尤其从不上台演讲，后来他不再“沉默是金”，而是主动露拙，虚心向演讲能力强的同学请教。

学生会宣传干事刘淠西(刘淠西，1904年12月～1932年2月，安徽省霍山县桃源河人。 1926年加入中国共产党，霍山县第一届县委委员、霍山党组织及皖西革命根据地的创始人之一。 他参加过黄埔军校、中央农民运动讲习所及中央干部训练班学习，发动了诸佛庵兵变，在皖西向国民党反动派打响了第一枪，拉开了六霍起义的序幕。1929年10月任中共安庆中心县委书记，1932年2月在国民党安庆饮马塘监狱英勇牺牲)是演讲骨干，每次演讲都能起到唤醒民众的效果，经常被掌声打断。 黄瑞生向刘淠西请教。 刘淠西告诉他说，每次演讲的主题、内容都是大家讨论的结果，为了演讲的现场效果，他们事先都要做演讲设计，反复进行练习。 黄瑞生感慨地说，原来演讲是要精心准备的呀。 刘淠西说，演讲就是一种武器，善于运用，能“唤起民众千百万”。 为了学会掌握演讲这一武器，黄瑞生经常模仿刘淠西他们的演讲，独自面对镜子练习。不久同学们就看到了那个不善在大庭广众之下发表讲话的黄瑞生，也与刘湃西他们一样，经常走上演讲舞台，多次在重要活动中担当主要演讲者。

除了演讲，黄瑞生对“三农”爱国剧社的认识也有了质的飞跃，认识到“演戏”同样也是“唤起民众千百万”的有力武器。当年“三农”学生爱国剧社是在沈子修、朱蕴山等先生的引导组织下成立的。爱国剧社除了学生，也有不少教员。国文教员钱杏邨（钱杏邨，1900年～1977年，笔名阿英，安徽芜湖人。1926年入党，著名剧作家、文学理论家、文艺批评家，曾担任左联党团书记，建国后曾任华北文联主席、中国文联党组成员、副秘书长）就是其中之一。他参加爱国剧社，指导学生编排文明戏，有时还亲自执笔为剧社撰写剧本。文明戏不仅仅是宣传“文明”的载体，更是通过民众容易接受、喜闻乐见的形式，揭露封建势力对人民大众的祸害，达到教育民众的目的。当时爱国剧社很多戏都深受民众喜爱，其中有部叫《新家庭》的文明戏，说的是一对青年男女反对包办婚姻，顶住家权、族权、社会舆论压力后，终于获得自由，建立了新家庭的故事。普通民众喜爱这部戏，场场爆满，但代表封建势力的少数人却被戳到痛处。

有次演出，当演到女主人公因抗拒包办婚姻被族人毒打、要被挖坑活埋，女主人公慷慨陈词历数包办婚姻给无数青年男女带来不幸引发台下一片痛惜时，一伙人突然冲到了戏台边。这伙人个个身强力壮，他们声称《新家庭》有伤风化，边叫骂边向台上掷砖头。主演女主人公的王小琼被迫停下来。作为学生会副会长的黄瑞生，当时就站在台口，他看见指挥这伙人的是城里一个开烟行的老板，而且旁边竟然还站着商会会长。

他还是第一次遇到这样的场面，一时愣住了。

刘湃西、桂伯炎、王小琼等同学大声质问，与那伙捣乱的人形成了对峙。那伙人因为有商会会长做后台，气焰十分嚣张，大声叫嚣说，这出戏有伤风化，我们会长说了，从今往后，这出戏不得再演。

大家的目光都望向商会会长。

黄瑞生意识到，再这么僵持下去，这出“唤起民众千百万”的文明戏很可能就此夭折。怎么办？这时与他同在台口的学生会会长翟其善（革命烈士，事迹陈列于南京雨花台烈士陵园）眉头紧锁，看了他一眼就快步走到舞台中间，向台下挥臂大声说，观众朋友们，会长不让我们演戏，你们答不答应？

台下民众这时如梦方醒一般，齐声喊，不答应！坚决不答应！

翟其善继续挥臂说，他们现在阻挠演戏，我们怎么办？

台下齐声喊，谁阻挠就砸烂谁的狗头！

伴随着喊声，不少学生、民众冲向了那伙人。那伙人霎时被愤怒的人群包围了。商会会长见势瞪了烟行老板一眼，一声不吭地扭头就走。烟行老板叹口气，也跟着灰溜溜地走了。那伙人见主子走了，再也无心纠缠捣乱，抱头鼠窜。

翟其善挺身而出的果敢，让黄瑞生佩服不已，事后他问其勇气何来。翟其善说，面对反动封建势力的剿杀，我可以不惜以生命的代价，与其斗争到底。翟其善的回答令黄瑞生震撼，暗自树为学习榜样。

黄瑞生后来积极参与组织并领导了多部“文明戏”的编排和演出工作。其中两部“文明戏”紧扣当时的社会现实，针对性很强，反响很大，在校内外分别公演了七八场之多。其中一部叫《朝鲜亡国惨史》，这部戏通过日本侵占朝鲜史实，揭露帝国主义的丑恶嘴脸，教育民众认清帝国主义的侵略本质。另一部戏叫《不平鸣》，反映的是当时民众被苛捐杂税盘剥得抬不起头、喘不过气，由此激起民众反对封建统治。这两部戏通俗易懂，却蕴涵着强烈的反帝反封建的革命思想，演者与观者无不受到深刻教育。

当时“三农”师生观后纷纷吟诗作文。现存一首学生作的题为《前覆后戒》的五言律诗可见一斑：

印度遭英灭，
朝鲜被日吞。
人民作犬马，
财富作牺牲。
祖国睡狮弱，
帝强饿虎狰。
同胞快觉醒，
奋战以图存！

“三农”创办时间不长，但传播新文化、新思想的星火已成燎原之势。六安守旧官吏、腐朽文人非常震惊惧怕，岂能听之任之。几任六安知县都指责沈子修、朱蕴山、桂月峰等人，说他们创办的“三农”有伤民风、反对政府，多次横加干扰阻拦，但都在“三农”师生面前狼狈地败下阵来。

知县范梅厢是个守旧派，“三农”是在他任内创办的，对于“三农”的“恣意妄为”，他经常跳出来指责，并授意教育会、劝学所、师范所到“三农”进行督察，干扰阻挠师生的活动。面对范梅厢的“行政”干预，黄瑞生等人领导的“三农”学生会在沈子修、朱蕴山、桂月峰等人的支持下，联合社会力量奋起反击。当时他们一面向安徽省府控告，一面在知名人士李光炯、光明甫等人创办的《评议报》上发表文章。省府迫于压力，不得不撤换了范梅厢，但连续派到六安的知县，都是匆匆过客，不到一年就换了四任。

六安成了“是非之地”，当地的守旧派按捺不住了。

晚清翰林、县督学王畹香跳了出来，攻击“三农”“既不尊孔，又不谈经，引学子入鼠穴，害青年入歧途”，并以县督学身份联络四乡绅董和六安财政、商务等县衙官吏，组成了所谓的“十三公团”，准备组团赴省府控告“三农”蛊惑民众与政府为敌，试图“以其人之道还治其人之身”，达到其撤换沈子修等人职务、整饬“三农”之目的，恢复巩固他这个学阀在六安的势力。

王畹香的举动虽然在秘密进行，还是被黄瑞生等人察觉到了。为了弄清王畹香的具体意图和行动，黄瑞生和翟其善商量后，派出学生骨干对王畹香等“十三公团”的重点人物进行跟踪监督。在发现“十三公团”的企图后，学生会开会研究对策，有位学生会成员建议打蛇打七寸，直接把王畹香控制住，让“十三公团”群龙无首，不战自败。

这个建议得到很多人的赞同，但翟其善注意到黄瑞生却微皱眉头，就说黄瑞生，你要是没意见，我俩就去征求一下沈校长和桂学监意见？

一直没吱声的黄瑞生这时才说，我有一个建议不知妥与不妥？

翟其善笑了，我就知道你一定有不同想法，有何建议？

黄瑞生说，刚才多数同学都赞成直接控制王畹香，这个办法固然可以让“十三公团”群龙无首，但结果未必不战自败。

此言一出，大家诧异，都问为什么。

黄瑞生说，据我们现在掌握的情况看，王畹香他们虽有企图，但还处于联络阶段，没有确凿证据，任何针对王畹香的过激行动，不仅容易授人以柄，还会打草惊蛇。

翟其善点头，你说的有道理，依你之见，我们下一步该怎么行动呢？

黄瑞生说，继续盯紧看牢，静待时机。“十三公团”成员不可能总是在联络，王畹香认为条件成熟的时候，他们一定会聚集到一起召开会议。

大家觉得黄瑞生说的很有道理，都赞成采纳黄瑞生的建议。这个建议得到了沈子修的肯定后，学生会加强了对王畹香等“十三公团”重要成员的暗中监视。不出几天，“十三公团”成员果然都悄悄地去了同一个地方——西禅堂。

王畹香这是要在西禅堂召集会议。得到消息，黄瑞生马上组织“三农”学生赶了过去。大批学生赶到西禅堂时，王畹香正主持召开会议。有人慌慌张张地跑进屋向他报告，说“三农”学生包围了西禅堂。他不相信他们秘密召开的这个会议在如此短的时间里就被“三农”学生发现，更不愿承认他费尽心机组成的“十三公团”就这么轻易地被“三农”学生“一网打尽”。他有点不高兴地问报告人，你看清楚是“三农”学生？报告人说，我认识他们学生会的黄瑞生，他就在其中，王督学不信可去察看。

王畹香还是不信，站起来往外走。来到西禅堂大门口，门已被守门的人杠死。王畹香让守门的人悄悄拉开门眼，透过一看，门外是黑压压的学生，他吓一跳，触电似的往后蹦了一大步。

回到会议室，脸色苍白的王畹香仍故作镇静地说，没想到，没想到，果然就是那些爱闹事的学生。不少人见识过“三农”学生的厉害，面面相觑。王畹香环顾众人，眼睛落在其中的两个人脸上说，诸位，我们不能因为这些学生终止会议，请王局长和李所长去跟这些学生周旋，我们继续开会。

王局长是六安财政局长的王月波，李所长是六安劝学所的李朗斋。王月波没吃过“三农”学生的亏，马上站起来说，王督学放心，我跟李所长去去就回。李朗斋跟“三农”没少打交道，屁股没有动弹，望着王畹香说，督学，有王局长，我去就多余了。不等王畹香说话，王月波就鄙夷地说，李所长怎么能不去？难道怕这些学生不成？王畹香怕王月波也不去，赶紧对李朗斋说，李所长，你是劝学所所长，这是分内之事，岂有不去之理？

李朗斋这才慢腾腾地站起来，跟着王月波往大门去了。来到大门口，王月波叫人打开大门，拽着李朗斋站在门前台阶上。李朗斋迟迟不说话，望着台阶下面指责的学生，王月波急了，大声斥责起了学生。学生被他激怒了，不知谁喊了声，不少学生就冲上去扭住王月波、李朗斋，劈头盖脸地打起来。

门外大批学生就势冲进西禅堂，潮水般地涌向会议室。

“十三公团”成员霎时慌成一团，哪还顾得了开会，纷纷拔腿往外溜。混乱中，一个叫高鸿万的劣绅被学生认出。揪住高鸿万！不要让高鸿卫溜掉！激愤的学生高喊着，将惊慌失措的高鸿卫从混乱的人群里揪了出来。

高鸿万横行乡里、鱼肉百姓，恶名远扬，逮住了他是意外收获。学生们很兴奋，临时糊了一顶高帽子，往高鸿万头一戴，就押出西禅堂游街示众。当时场面比较混乱，黄瑞生已经不能控制。同学们押着高鸿万游街示众，他不是不支持，但他更想当着王畹香的面揭穿“十三公团”阴谋。

大多学生都去参加高鸿万的游街示众，只有少数学生还在西禅堂。黄瑞生让同学们寻找王畹香，找了几遍也不见其踪影。原来一直躲在旮旯里的王畹香，趁学生注意力集中在高鸿万身上时，已混在人群里侥幸走脱。

王畹香走脱后就灰溜溜地逃回了北乡老家，再也不敢出头露面。“十三公团”的组织者不露面了，其他成员都成了缩头乌龟，组团赴省府控告“三农”蛊惑民众与政府为敌、撤换沈子修等人职务、整饬“三农”之目的随之化为泡影。

“十三公团”的这次完败，“三农”学生会功不可没。虽然斗争取得了胜利，黄瑞生事后总结却略感遗憾，说行动方案考虑得还欠周密，组织纪律性不够，还是让王畹香溜掉了。沈子修对黄瑞生的自谦很欣赏，安慰说，他虽然溜掉了却不敢再回来，“十三公团”就此土崩瓦解了，这就是最大的胜利。桂月峰也说，溜掉了或许是件好事，他毕竟不是高鸿万这样的劣绅，我们能押着游街示众?

在这次斗争中，黄瑞生的洞察力和组织领导能力，都被沈子修、桂月峰看在了眼里。当时六安有一个处于秘密状态的半军事化组织——六安农会，沈子修、桂月峰是这个组织的主要领导。六安农会不公开活动、不公开接收会员，公开的名字叫“管理六安农会事务所”，其机关设在“三农”。它对外宣称的宗旨是，振兴农业，夺取并保护“永佃权”，实现“耕者有其田”。在这次完胜“十三公团”后，沈子修、桂月峰不约而同地提出吸收黄瑞生入会，并亲自作为入会介绍人。

由崇敬的师长，又是农会主要领导介绍入会，黄瑞生深知这是沈子修、桂月峰对他莫大的信任和器重。加入农会后，他很快成为重要骨干，与沈子修、桂月峰等人以城区和北郊菜市湾的城关平民夜校、农民夜校为阵地，向工农民众宣传“劳工神圣”，启迪他们阶级意识，让他们懂得“谁养活谁”的道理。

自从成为农会骨干后，黄瑞生既要认真读好书，又要领导学生开展活动，还经常在“三农”学校与农民夜校、平民夜校之间奔波。这一经历虽与他的年龄很不相符，肩上的担子难免有些沉重，但年少的他一点也没有退却，而且越来越精神抖擞，似乎有使不完的气力。也正是这个时期，遥远的俄国爆发了十月革命，马克思主义逐渐传入中国，不久就通过朱蕴山、沈子修、桂月峰等人传入了六安。很快名为“中国革命小组马克思主义研究会”（当时中国共产党还没有成立，他们自称为共产党）的团体在六安应运而生，黄瑞生成为这个团体的十几个成员之一。

“中国革命小组马克思主义研究会”的成立，使六安成为当时马克思主义在皖西最重要的传播地。研究会成员接触了大量的马克思、恩格斯、列宁的著作以及陈独秀、李大钊等人的文章，研究探索马克思主义在中国的实践运用，组织了数场“俄国十月革命和中国之命运”演讲会。这个自称为共产党的进步团体，其成员后来大多如愿以偿地加入了中国共产党。土地革命战争时期，很多人都在鄂豫皖苏区、红四方面军担任重要领导职务，而且在长期革命的征程中，他们跟着党历经千难万险后，有的最终成长为党和国家领导人，有的则在不同时期为党为国捐躯。

其中，朱蕴山建国后曾担任全国人大副委员长、全国政协副主席；沈子修建国后曾担任安徽省副省长；土地革命战争时期任鄂豫皖苏区兴中县长的桂月峰，与胞弟桂明田、长子桂伯炎、三子桂尊农、四子桂尊林先后为革命捐躯；而黄瑞生的同学翟其善，则兑现了“不惜以生命的代价”的承诺，与黄瑞生同样就义于南京雨花台。

黄瑞生 26 年的短暂人生，其中 4 年是在“三农”度过的。

这 4 年正是他由少年向青年过渡的人生转型期，能在这个短短的 4 年里遇到那么多的良师益友，无疑是他短暂人生的最大幸运。

第三章 载入史册的 1919 年

那是一场发生在北京后来又波及全国的反帝反封建爱国运动——五四运动。

这一载入史册的运动是旧民主主义革命和新民主主义革命的分水岭，直接影响了中国共产党的诞生和发展。

那年 1 月，第一次世界大战的战胜国在法国巴黎召开“和平会议”。

作为协约国，中国派代表参加了这次会议，但会上帝国主义列强不仅拒绝了中国代表提出的撤退外国在中国的军队、取消“二十一条”

等正义要求，还决定将德国在中国山东的权益转让给日本。北洋政府屈服于帝国主义的压力，不顾民众呼声，同意签订《协约国和参战各国对德和约》(即《凡尔赛和约》)，将德国在山东的权利转送日本。

消息传出，北京高校的3000多名学生代表于5月4日冲破军警阻挠，云集天安门，发出“天安门大会宣言”，打出了“誓死力争，还我青岛”“收回山东权利，拒绝在巴黎和约上签字”“废除二十一条”“宁肯玉碎，勿为瓦全”“外争国权，内惩国贼”等标语口号，要求北洋政府惩办交通总长曹汝霖、币制局总裁陆宗舆、驻日公使章宗祥。学生游行队伍移至曹宅，痛打章宗祥，火烧曹宅，引发“火烧赵家楼”事件。随后，军警给予镇压，并逮捕了学生代表32人。

消息很快传到六安，黄瑞生、翟其善等学生会成员在宿舍碰头商量，提议立即组织“三农”学生上街游行示威，用行动支持学生运动。学生会当即就拟定游行示威的口号标语：“内除国贼，外争国权”“打倒列强”“打倒日本帝国主义”“还我山东”“坚决不承认二十一条”“废除一切不平等条约”等。

黄瑞生提出联合六安各校学生会，动员组织各校师生一起走上街头，游行示威声援北京的五四运动。他的想法马上得到翟其善和其他学生会成员的赞许，形成一致意见后，他就与翟其善去找校长沈子修汇报。

此时沈子修、朱蕴山也在商议如何支持声援五四运动。五四运动刚爆发，北京的陈独秀就与沈子修、朱蕴山等人联络，呼吁得到六安的响应。沈子修与朱蕴山都认为，“三农”学生走上街头，既是声援五四运动，也是学生深入社会的一次集体锻炼。

正准备找学生会征求意见，黄瑞生、翟其善就过来汇报了想法。师生不谋而合，沈子修、朱蕴山相视而笑，表示完全支持学生会的想法。

5月8日，运动爆发的第四天，“三农”全校师生一大早就排着长队走出了校门。游行队伍举着标语、喊着口号走到老衙门台子时，其他各校师生员工和进步人士也陆续往这里聚集。广场上人越聚越多，口号声此起彼伏。如此场面，黄瑞生平生第一次看到，他为此前他和翟其善等人的努力感到骄傲，也更感受到了来自团队组织的力量。

汇集起来的队伍，在六安城主要街道游行示威、张贴标语，吸引了全城百姓，很多群众后来也加入了游行队伍。游行结束后，黄瑞生又组织多个小组在街头巷口、茶楼酒馆演讲，声情并茂地向群众介绍北京学生的斗争情况。他历数曹汝霖等人的卖国行为，号召各界人士关心中华民族存亡大事，奋起救国。与此同时，六安学生会联合六安各校发出宣言、通电，声援北京的爱国运动，要求北洋政府罢免并惩处曹汝霖等人。

六安的声援行动，其声势和影响虽不及上海、天津、南京、广州、杭州、武汉、济南等地，但组织、行动之快却是率先的。这固然有陈独秀及时联络沈子修等人的因素，也与黄瑞生等人领导的“三农”学生会的及时组织分不开。尤其是后来，黄瑞生等人没有满足于一场游行示威，而是按照商定的方案将斗争逐步引向了深入。

5 月 10 日，与刚刚组织的游行示威仅隔一天，“三农”师生再次集队走出校门。

此前“三农”学生会在沈子修、朱蕴山等人支持下，成立了“仇视日货纠察队”。纠察队主要目的是抵制日货，学生会在商讨具体方案时意见不一，有主张以宣传演讲为主，更多的则主张采取强制措施。主张宣传演讲为主的理由是，民众支持是抵制日货的关键；主张采取强制措施的理由是，宣传演讲不如强制措施见效快。黄瑞生是首先提出采取具体行动开展抵制日货斗争的人，但他说具体行动不等于就是强制措施，他不希望发生类似北京“火烧赵家楼”的事件。同学们都知道“火烧赵家楼”是北京五四运动爆发当天学生火烧曹宅引发的事件。黄瑞生说，现在日货在六安已进入平常百姓家，在他们没有充分了解日本帝国主义亡我中华罪行情况前，如果强行查抄，必然会遭到他们的抵触，甚至还可能造成社会骚乱。他说校园里已有师生砸毁焚烧自己使用的日货了，主张先从本校做起，发动全校师生走上街头当众砸烂销毁他们自己使用的日货，并就此向民众展开演讲宣传。

黄瑞生的这一意见得到了大家的赞同，沈子修听了汇报后也大加赞赏。在沈子修、朱蕴山、桂月峰等老师的支持下，全校师生被组织起来了，他们举着抵制日货的标语，携带着洋伞、洋皂、洋油、洋布衣服、洋瓷制品等日货，在一面“三农仇视日货纠察队”大旗引领下，很有声势地走向老衙门台子。沿途跟随者众多，许多烟工、抬杠工、篾工和商人、店员、市民加入游行队伍，到了老衙门台子时，游行队伍已有万人之众，那个空旷的广场很快就人头攒动。

师生们将日货堆放到广场中间时，民众这才知道“三农”师生不仅仅是游行示威，还要砸烂销毁日货。他们指指点点，有赞成销毁的，也有认为可惜的。翟其善听到议论，夸赞黄瑞生说，幸亏你有所预见，如果纠察队采取强制措施，可能物极必反。黄瑞生谦逊地说，那也是受到同学们讨论的启发，今天能否取得理想效果，演讲才是关键。

那天黄瑞生和沈子修、翟其善相继进行了演讲。他们历数日本帝国主义妄图灭我种族的野心与罪行，号召群众觉醒自救、抵制日货、坚决不做亡国奴。三人的演讲引起了群众的共鸣，口号声此起彼伏。

黄瑞生是最后一个演讲的。他以林则徐为例，通过宣传虎门销烟的现实意义，号召群众参加到抵制日货的斗争中去。演讲中他特别向民众揭露了丧权辱国的“二十一条”秘密条约主要内容。他说，日本帝国主义利用第一次世界大战爆发之机，出兵占领了德国在中国的势力范围——山东半岛后，向中国提出意欲独占中国权益的“二十一条”：承认日本继承德国在山东的一切权益，山东省不得让与或租借他国；承认日本人有在南满和内蒙古东部居住、往来、经营工商业及开矿等项特权；旅顺、大连的租借期限并南满、安奉两铁路管理期限，均延展至99年为限；汉冶萍公司改为中日合办，附近矿山不准公司以外的人开采；所有中国沿海港湾、岛屿概不租借或让给他国；中国政府聘用日本人为政治、军事、财政等顾问；中日合办警政和兵工厂；武昌至南昌、南昌至杭州、南昌至潮州之间各铁路建筑权让与日本；日本在福建省有开矿、建筑海港和船厂及筑路的优先权……

在列举日本帝国主义亡我之心不死的数条罪状后，黄瑞生挥动着手臂大声疾呼——

“凡我炎黄子孙、华夏同胞，当此列强虎视、日帝进逼、国贼卖国、国难日亟之际，要四万万人力合一，四万万人心合一，同奋起，坚决走爱国反帝之路，坚决走觉醒自救之路，上勿做亡国之君、亡国之臣，下勿做亡国之民！目下，日本提出‘二十一条’是使我中华亡国灭种的‘二十一条’。对此，反则中国存，不反则中国亡。天下兴亡，匹夫有责。同胞们，让我们起来，在洋人面前站起来，拿出中国人的良心，捍卫中华民族的尊严，坚决抵制日货！人穷要穷得有骨气！我们决不能为了那几个臭钱而丧失人格，去为虎作伥、助纣为虐，甘当亡国奴啊！”

他演讲时声泪俱下，许多民众也跟着流泪，不时有人挥拳高呼：打倒日本帝国主义！坚决废除“二十一条”！誓死不做亡国奴！

反日情绪由此达到了高潮，师生们齐声唱：黑奴红种相促进，唯我黄人梦未醒……

在低沉悲壮的歌声中，“三农”师生走到广场中间，对着那堆日货，挥镐凿，举锤砸，拿刀剪。“噼里啪啦”“稀里哗啦”，眨眼间那堆日货就被砸烂剪碎。当那堆日货最终被泼上汽油付之一炬时，距老衙门台子很远的地方，都能看见熊熊的火焰，都能听到震耳欲聋的口号。

此后每隔几天，“三农”纠察队都分成若干小组走街串巷，集会演讲，向民众宣传抵制日货的意义和作用。持续多日的演讲宣传，让越来越多的民众看清了日本帝国主义亡我中华的狼子野心。茶余饭后，街谈巷议，谈的都是抵制日货。很多民众夸赞“仇货纠察队”是爱国主义思想的播种队、中华民族保族保种的战斗队，有的主动把日货交给纠察队，有的当众主动销毁日货，有的商户还在门头贴大红纸声明：“本店主系爱国商人，即日起不售日货”。

5月下旬，六安已经初步形成“抵制日货为荣，买卖日货为耻”的风气，即使有部分商家有日货出售，也是无人问津。对日货没有撤柜的商家，纠察队仍然未采取过激措施，而是登门逐件登记，耐心劝说商家售完勿再购进。

日货逐件登记在册，“仇货纠察队”基本掌握了六安日货存量。当时部分同学主张趁热打铁、一蹴而就，存量日货全部强行没收，统一集中到老衙门台子销毁，给抵制日货斗争划上圆满的句号。

面对同学完们的斗争激情，黄瑞生比较冷静，他找翟其善商量，提出了不同意见。他分析说，六安抵制日货已形成风气，但也有不少的商民是迫于形势，六安商会也在观望，如果我们“仇货纠察队”强行上门没收，很容易遭到拒交，一旦激化矛盾，不但会将六安商会推向我们的对立面，更为严重的是，也给六安官府找到借口，跳出来对我们的爱国行动横加干涉。如果真出现此种情形，就像前不久北洋政府对付北京学生那样，六安官府恐怕就要对我们“三农”学生下手。

翟其善虽然不停地点头，但还是慷慨陈词地说，只要斗争需要，我们又何惧流血牺牲？

黄瑞生说，避免流血就可达到目的，岂不更好？

翟其善说，那些存有幻想的商民能听我们的？

黄瑞生说，商会的话他们总该听吧？

商会？翟其善眼前一亮。

黄瑞生说，只要把六安商会工作做通，由他们发话哪个商家不听？

黄瑞生读私塾时就听说过六安商会，学生会成立不久组织学生社会调查，他专门就此进行了详细调查，翟其善看过调查报告，知道六安商会地位特殊。

六安商会是清光绪年间全国首批建立的商会。1905年，六安以同业公会为基础，依据清政府颁发的我国第一部商会法《商会简明章程二十六条》建立了六安商会，下辖米行、七成行、油行、白鱼行、柴炭行、羽毛行、土布、炼铁、砖瓦、石灰、皮草、皮纸、茶业、绸布、酒业、承运、饮食、南北什货、银楼等27个同业公会。商会董事会的会董由各行业公会推选组成。普通民众都知道，同业公会是行会商帮，凡工商业者都要加入本行当的行会，不入行会者不得经营工商业。每个行会都有它供奉的“祖师爷”，每年定期办会，备办筵席，所有成员必到。主要议程是祭祀祖师爷、更迭会首、接纳会员、对违反行规者进行处罚。六安民众都说，六安商会是官府的“钱袋子”，但又不仅仅是“钱袋子”。当时的官府更替频繁，官员任职时间都不长，多则一两年，少则几个月；而商会则完全不同，会长、副会长、会董以及各个同业公会的会首几乎多年不变。在六安民众的心目中，商会比官府更与他们的日常生活休戚相关。尤其是商民，很多时候可以抵制官府，但决不敢轻易与商会为敌。

翟其善赞成做商会工作，还不无遗憾地说，开展抵制日货斗争之初，我们怎么没想这点呢？现在想到了，也算是亡羊补牢吧。

黄瑞生说，开始就做他们的工作，未必能做通，现在去做正是最佳时机。

翟其善有点奇怪，不解地问黄瑞生为何现在是最佳时机。

黄瑞生说，六安使用日货非常普遍，涉及千家万户，抵制日货斗争之初，想要做通商会工作岂是易事？现在不一样，六安已经形成抵制日货风气，此时我们再从民族大义出发，对商会动之以情、晓之以理地做工作，必将事半功倍，获得成功。

翟其善点头，但片刻又皱起眉头，说商会的会董、会首存有日货的不少，出于自身利益，做通他们的工作怕是很难。

黄瑞生说，那我们就天天上门，如果需要时，我们不妨跟会长提一提那次公演《新家庭》时发生的事情。

翟其善想起了那天商会会长在激愤民众跟前灰溜溜的样子，不由得会心地笑了，对，商会不配合，我们就跟他们提一提那件事。

黄瑞生想到了做六安商会工作，沈子修、朱蕴山、桂月峰他们也想到了。当黄瑞生、翟其善把想法告诉他们时，沈子修说，他和朱蕴山也准备联络安庆等地进步团体一起行动，动员各地商会共同开展抵制日货斗争，最终促成安徽总商会向全省各地商会发通告并通电全国抵制日货。

还是沈子修他们的眼界更高。

黄瑞生佩服沈子修他们，更加努力地去做六安商会的工作。5 月 27 日，六安商会终于在全省率先发出了“坚持到底，不购日货，以为外交后盾”的通电。这一立场鲜明的通电，不仅使六安犹豫观望的商户彻底放弃了幻想，也为安徽省总商会最终发出抵制日货的通告起到了积极的促进作用。

抵制日货斗争由此在安徽各地如火如荼地展开。

全国各地都在声援支持北京，尤其是上海的声援，把五四运动推向了高潮。

6 月 5 日，上海第三、第四、第五纱厂、日华纱厂、上海纱厂等日资企业和商务印书馆的工人全体罢工，参加罢工的有 2 万人以上。6 月 6 日，上海各界联合会成立，反对开课、开市，并且联合其他地区，告知上海罢工主张。上海的电车工人、船坞工人、清洁工人、轮船水手，也在其后的三天加入罢工的队伍中，罢工总数达到 7 万人。上海的大罢工涉及全国 22 个省 150 多个城市，沪宁铁路、沪杭铁路、京奉铁路、京汉铁路长辛店及九江、汉口、长沙、芜湖、南京、济南等地，相继爆发了大规模的罢工和示威游行，甚至运动涉及了国外，旅法华工、留学生也组织起来参加到拒签和约的斗争中。

面对五四运动的迅猛发展，北洋政府十分恐慌，于 6 月 10 日免去了交通总长曹汝霖、币制局总裁陆宗舆、驻日公使章宗祥的职务，释放了所有被捕学生，并在 6 月 28 日的巴黎和会上拒绝参加《凡尔赛和约》签约仪式。帝国主义列强也迫于压力，重新寻求解决中国山东问题的办法，中国和日本在美国倡议召开的华盛顿会议上，签订了《中日解决山东问题悬案条约》及其附约。此条约规定：日本将德国旧租借地交还中国，中国将该地全部开为商埠；原驻青岛、胶济铁路及其支线的日军应立即撤退；青岛海关归还中国；胶济铁路及其支线归还中国等。通过这个条约，中国收回了山东半岛主权和胶济铁路权益。

1919 年的那场不屈不挠的爱国运动，终以取得振奋人心的胜利而告一段落，岌岌可危的北洋政府也由此得以苟延残喘。

但树欲静而风不止，中国新民主主义革命的大门打开了，全国各地反帝反封建斗争从此风起云涌。

第四章 “六二运动”

1921 年 6 月 3 日傍晚，“三农”学生会收到安徽省学联“致全皖各团体之快邮代电”。当时黄瑞生正在宿舍里看书，一个同学拿着这封电文急匆匆地推门进来说，黄瑞生，不好了，安庆出大事了！

黄瑞生心中一惊，丢下书，问同学出了什么大事。

这个同学把“快邮代电”递过去说，你看了这个就知道了。黄瑞生接过打开一看，眉头不由得紧锁起来。原来省城安庆各校学生因反对当局遭到了军阀镇压。

此电全文如下：

6月2日，省城各校学生为增加十年度教育经费，预算案请愿事，被议员军队杀伤多人，情形可惨。该案初由学生联合总会代表以事关全皖教育命脉，恳其早日议决，乃议会一再迁延，置而不议。前日有齐赴蚌埠为倪嗣冲生祠落成致祭，意在消极抵制该案使不成立。各校学生得此消息，惶恐万多，遂纷代表多人，分赴各议员公寓及江干，哀求各议员迅速将教育经费安议决，不必赴蚌埠。遂往议会，请求开会。适马联甲、倪道烺等寓该会内，当由副议长赵继椿、议员刘硕、范恩光、王荩诚、王积中等愤然而出，呼卫队痛殴学生，负伤十数人。各校学生闻风整队往议会质问，讵闭门不纳，立请马联甲、倪道烺由省城东门外调集大兵，齐上枪刺，奔围议会，横杀学生，并分兵布满全城，交通断绝跑者无路，立者辄伤，计被枪刺戳伤要害命悬旦夕者有十余人，戳伤非要害者四五十人，血溅满身，血流满地，其惨无人道之状，见者无不涕泣。我安庆学生何辜。罹此空前未有之奇劫。今虽请求增加教育经费预算案受此重大的牺牲，求仁而得死不怨，尤惟彼万恶军阀、万恶议员反背职责，违法殃民，诸理法，罪岂容诛。此而不群起营救，后患之来，行见更惨。同仁等已下决心，宁为玉碎，不欲瓦全，除受伤学生分别于法庭起诉，请求追拘现行各犯依法裁决外，并请求省长明示办法及通电全国，恳援助。我六十县父老兄弟姐妹不愿养虎自害者，尚乞趁此时机，共谋救济。用敢沥陈惨状，伏乞一致救援，电邀政府惩办祸首，全皖教育前途幸甚，三千万人民生命前途幸甚。迫切陈词，诸维垂鉴。

安徽省学生联合总会叩

一刻也耽误不得，黄瑞生马上拿着电文去找校长沈子修。

电文沈子修也收到了，同时他还收到了省学联致全国的通电。黄瑞生望着一脸严峻的沈子修，急切地问他怎么会发生如此严重的事件。沈子修说，安庆发生的事件绝非偶然，这是五四运动后安徽学界的日臻觉悟与反动军阀当局矛盾激化的结果。

这一事件史称“六二惨案”。

之所以发生“六二惨案”，还要追朔到1913年的“二次革命”。当年“二次革命”失败后，袁世凯亲信倪嗣冲窃踞安徽督军通电全国，对一切讨袁者实行绞杀，封闭各社团，并令全省禁止一切反帝反封建活动。倪嗣冲为巩固自己在安徽的“霸业”，命其侄儿倪道烺等人拼凑了一个“公益维持会”，以此维持会结党营私，包办安徽省议会选举。

直奉战争后，倪嗣冲随着段祺瑞的倒台而被迫去职，原张勋部下张文生继其后任。倪嗣冲任皖督时安武军费达300万元，为政费开支两倍，全省人民一直要求“裁军缩支”，但张文生到任不仅不顾民意，反欲恢复倪嗣冲当初未能实施的“八分米厘”案，以充军饷。此举激起全省各界的反对。张文生便恼羞成怒，下令通缉“过激党徒”，陷皖“与倪嗣冲任皖督时代无异”。在此背景下，倪氏控制的安徽省议会积极附张，大肆宣扬倪嗣冲的所谓功绩，倡建倪嗣冲“生祠”，甚至提出推选倪嗣冲侄儿倪道烺为安徽省的省长。倪道烺则与皖南镇守使、安徽军务帮办马联甲等携巨款赴京，为谋取省长一职四处活动，以图恢复倪氏在皖势力。

但让倪、张等人没想到的是，1919年北京爆发的五四运动击碎了他们的美梦。五四运动后，安徽与全国各地一样，日臻觉悟的一批知识分子、进步学生，以极大的热情投入到社会熔炉之中，要求人人“出点能力，费点思想”，去改造社会，清除军阀之祸。与此同时，安徽旅外名流、学者以及流亡的安庆国民党人也纷纷奔走呼号。1920年8月，高一涵、杨亮功、李辛白等发起“旅京皖事改进会”，陈独秀、潘赞化、光升、孙希文、管鹏等发起“旅沪皖事改进会”，抨击安徽军阀政府的种种弊端，一致提出废除督军、民选省长、整顿教育、解散“公益维持会”。

一波未平一波又起。

1921年春，北洋政府克扣教育经费，拖欠北京、安徽公立大学教职员薪水，引起北京八校教职员的同盟罢工和学生的抗议。安徽教育界立即遥相呼应，掀起了挽救教育危机的斗争，提请政府议决安徽十年度教育经费预算案。

在五四运动纪念日，省城安庆学生举行大规模的游行示威请愿。省教育界进步人士也坚决支持学生的正义行动，向当局严正指出：争取教育经费是人民的公意，当局若悖逆民意，“除非你们愿意做章宗祥第二，或者是你们一人具有两个头颅”。但安徽军阀政府并未顺应民意，十年度教育经费预算案不仅久搁不议，还调拨经费给“公益维持会”，用于倪道烺贿选省长和建倪嗣冲生祠。六月，省议会在安庆召开会议，十年度教育经费预算案能否在会上议定，省学联十分关注。

6 月 2 日傍晚，省学联得知省议员准备于次日动身去蚌埠祝贺倪嗣冲生祠竣工，他们这一走，教育经费案就又将搁置，省学联遂派学生代表方乐周、彭干臣、童汉璋、戴文秀等再赴议会请愿。当天晚上，请愿学生代表赶到省议会时，倪道烺、马联甲正在里面宴请议员。听说学生代表又来请愿，副议长赵继椿出来斥责。省一师学生代表戴文秀说，我们是各个学校的代表，来请求增加教育经费的，请议长给我们一个明确答复。赵继椿见学生人多，未作回答即转身回去，令议会卫队驱散闹事学生。卫队手持木棒冲到门口殴击驱赶学生，致数名学生受伤。其中戴文秀身受重伤，当即被送往同仁医院。消息很快传到安庆各校，大批师生集队赶到省议会。马联甲急调城外驻军镇压，致姜高琦、周肇基两位学生重伤（后均救治无效死亡），伤者无数，酿成举国震惊的安徽“六二惨案”。

沈子修愤怒地告诉黄瑞生，就在惨案发生不久，法专校长光明甫还差点遭到马联甲枪杀。光明甫是著名教育家，黄瑞生听了十分震惊，忙问究竟。沈子修说，光明甫是为无辜学生质问马联甲时险遭毒手的。原来光明甫得知发生了惨案，马上赶到省议会，质问马联甲为何打伤无辜学生。面对质问，马联甲竟然揪住光明甫衣领，挥手一记耳光，打飞了光明甫的眼镜。光明甫忍无可忍，当即回了两记耳光。马联甲气急败坏，掏出手枪对准光明甫。光明甫怒目相对，毫无惧色。站在一旁的警察厅长和议员怕事态扩大，赶紧上前拉开二人，光明甫这才免遭意外。

知道了原委，黄瑞生义愤填膺，愤怒地说，这个马联甲就是一个恶魔，残害学生不说，还竟然对光校长动手。两年前的五四运动还历历在目，这个马联甲就不怕社会各界对他的声讨？

怎么会不怕？沈子修说，马联甲貌似强大，其实内心惧怕，惨案发生后，他下令全城戒严，还派军警检查邮电、报馆，对外严密封锁惨案消息。但这不是他想封锁就封锁得了的，今天是惨案发生的第二天，我们不就收到了电文吗？

那么电文又是如何发出的？黄瑞生不禁问道。

沈子修说，光明甫校长从省议会回到省教育会，一刻也没耽搁，马上联络各界人士召开紧急会议，决定通电全国，揭露倪氏及爪牙马联甲的罪行。省学联也决定发表宣言，次日开始罢课并向全国致电。马联甲不是封锁了吗？省教育会和学联双管齐下，一边派人潜往九江，向北京政府电告惨案，一边通过关系找到圣保罗中学的美籍华裔卜约翰校长。圣保罗中学是美国人办的学校，马联甲不敢轻易加以阻止。这不，卜约翰校长听说惨案经过后非常气愤，不仅代为发了电文，还亲自带领本校学生上街游行。

黄瑞生释然，又有点按捺不住，自语说，电文发出去了，不仅在安庆，全省乃至全国很快就会爆发支持安庆的声援活动了。

沈子修说，就在今天，省教育会、学生联合会、教职员联合会、商会、农会、律师公会、报业公会、西医学会等十公团成立了“安徽六二惨案后援会”，并推选出了向法院起诉倪道烺、马联甲罪行的代表。我是后援会发起人之一，刚才已与朱蕴山、桂月峰等同仁商议过，明天我们就号召动员六安各界公团参加这个后援会，支持安庆斗争。你们“三农”学生会作为有生力量，要马上组织全市罢课、罢市、罢工，声援安庆。

黄瑞生频频点头说，我马上召集“三农”学生会成员开会，研究布置这事，我相信“三农”经历过五四运动洗礼，一定能做好罢课、罢市、罢工的组织发动工作。

沈子修说，你告诉同学们，“六二惨案”中的蒙难学生姜高琦是英山人，六安、英山、霍山三县在民元前隶属直隶六安州，互称同乡300年，“三农”学生又以此三县居多，有一层同乡之情，省学联的舒传贤是霍山人、许继慎是六安人，他们在与我的电文联络中也希望“三农”尽快声援安庆。

舒传贤、许继慎都是省学生联合会的主要领导，前者任会长，后者任常委兼联络部长，当时他俩虽然都很年轻，却在全省青年学生中威望很高，后来两人都成长为党和红军的重要领导。

舒传贤（1899～1931年），安徽省霍山人。1919年考入安徽省立第一甲种工业学校。1921年10月，他在安庆组织社会主义青年团，负责团的工作。在共产党组织尚未在安徽省建立之际，青年团实际上是安徽青年和学生运动的领导核心，为中共安徽地方组织的建立奠定了基础。1922年秋，舒传贤留学日本，1926年回国，同年加入中国共产党。1927年前后，任安徽省总工会委员长、中华全国总工会执行委员、安徽省临委工委书记等职。1929年任中共霍山县委书记、中共六安中心县委书记。同年11月，舒传贤参加并领导了六霍暴动，创建了皖西革命根据地。1930年秋，“左”倾路线严重影响到皖西地方组织，他与之展开坚决斗争，并为保存革命力量、反对军事冒险做出了积极贡献。1931年舒传贤任中共中央鄂豫皖分局委员兼组织部长。同年冬，在“肃反”中被错杀。

许继慎（1901～1931年），安徽省六安人，中国工农红军早期杰出将领，军事家。他在同乡中是一个传奇人物，自幼聪明好学，4岁就能背诵诗词，8岁破蒙入塾时已能熟练背诵《千家诗》《唐诗三百首》中的大部分古诗。他在学校好打抱不平，就连乡里的少年也都乐意与他交朋友。16岁起开始跟随名儒张侍臣读书。1920年考入省立第一甲种工业学校，不久转入安徽省立第一师范。1921年4月加入中国社会主义青年团。1924 年 5 月考入黄埔军校第一期第二队，同年 6 月加入中国共产党，先后参加黄埔军校两次东征，并历任叶挺独立团参谋长、中国工农红军第十一师师长、第一军军长。1931 年 11 月在“肃反”中被诬陷，以“改组派”“第三党”“反革命”等罪名被杀害于河南光山白雀园。2009 年，许继慎被评为“100 位为新中国成立做出突出贡献的英雄模范人物”。

听说舒传贤、许继慎希望“三农”尽快声援安庆，黄瑞生哪里还坐得住，他与沈子修告辞回去后就召集学生会成员开会。会上他激动地说，安庆的“六二惨案”就是皖省反对军阀统治的“六二运动”，一定会得到全省乃至全国民众的支持声援，势必就像五四运动那样，终将取得最后的胜利。会上他介绍了惨案的经过以及目前的形势，并告诉同学们，他们的同乡舒传贤、许继慎对“三农”寄予厚望，希望立即发起组织罢课、罢市、罢工。

舒传贤、许继慎对“三农”的希望，与会学生无不积极响应，一致同意立即行动。做出这一决定后，黄瑞生又提出派遣学生代表团赴安庆，为“六二惨案后援会”打头阵。这个想法同样得到与会者支持，而且还纷纷表示要参加这个学生代表团。

次日一早黄瑞生就去向沈子修汇报。沈子修完全支持学生会的决定，但又担心学生代表团无法进入军警封锁的安庆城，甚至还可能遭到不测。黄瑞生说，请沈校长放心，不到非流血不可时，我们决不无辜流血。沈子修见黄瑞生胸有成竹，想起了五四运动中的“三农”学生，不觉放下心来。

通过精心挑选，桂尊秋、张月潭、戴汝成、李元儒、万重元等学生组成学生代表团，次日就带着师生捐赠的款物奔赴安庆。出发前，黄瑞生叮嘱他们，没进安庆城时不要打出“三农”旗号，以防被军警阻拦。

学生代表团进安庆城时果然遇到军警的盘问，因为事先有所准备，他们分散开来骗过了军警，直到进城与省学生联合会联系上才打出“三农”旗号。作为蒙难者家乡的学生代表，他们与安庆各校学生一起走上街头散发传单，一起去省府向省长聂宪藩提出抗议，一起在马联甲公署门前示威抗议，一起搜索省议长和倪氏掌控的“公益维持会”分子。

与此同时，身在六安的黄瑞生夜以继日发动学生联络社会各界，在得到广泛的支持后，“三农”于6月10日这天发表宣言，并致电全省，开始了声势浩大的罢课、罢市、罢工。

“六二惨案”成为导火索，激发了社会各界反对封建军阀统治斗争的激情，很快就掀起一场席卷全省、影响全国的“六二运动”。

北京、上海、天津等地学校、团体及安徽省外同乡会纷纷函电声援。其中在北京的胡适、高一涵与安徽同乡会不仅通电声援，还向北洋政府控告倪道烺、马联甲。胡适还为被军警刺伤身死的姜高琦愤然写下了一首题为《死者》的诗，部分诗文如下（刊于1921年6月21日《民国日报》）：

他身上受了七处刀伤，
他微微地一笑，
什么都完了！
他那曾经沸过的少年血，
再也不会起波澜了！
我们脱下帽子，
恭敬这第一个死的。
我们后死的人，
尽可以革命而死！
尽可以力战而死！
但我们希望将来，
永没有第二人请愿而死。

《申报》《晨报》《时报》《新闻报》《时事新报》等全国各大报纸，甚至英国在华发行的《字林西报》，都以显赫版面报道“六二惨案”以及各地由此开展的斗争。

北洋政府见众怒难犯，由教育部电示安徽省教育厅出面调停，终使安徽省政府被迫同意安徽学界要求：教育经费由 65 万增加到 150 万，并由各校选举人员组成教育经费管理处，教育经费独立管理使用；承认死者姜高琦、周肇基为烈士，拨 6000 元为抚恤金，4000 元为安葬费，在安庆菱湖公园修建祠墓和血衣亭，给受伤学生每人每年补助调养费 31 元。

姜高琦、周肇基合葬于安庆菱湖，召开了隆重的追悼会。全国学生总会、全国各界联合会等 50 多个团体和各界名流都送了挽联，就连罪魁祸首马联甲为推卸罪责，也送了一副挽联，内容是：陈太子为国捐驱，死而无憾；来君叔何人所杀，我欲问天。

马联甲虽未受到惩处，但由“六二惨案”引发的“六二运动”还是取得可喜的胜利，它在安徽反帝反封建近代史上占居着重要地位。作为运动亲历者黄瑞生，也无疑得到了血与火的锻炼，为他在后来的斗争中积累了宝贵的经验。

第五章
反贿选

几个月后，安徽省议会到届改选。上届省议会108名议员都是倪嗣冲当初贿选培植的党羽，为了巩固倪氏在安徽的势力，倪道烺不惜拿出300万巨款，利用“公益维持会”机构，派人分赴全省60个县包办贿选。在以往的选举中，由于受到他们的操纵，当选的几乎是清一色的倪氏党羽。

但安徽的形势已今非昔比，社会各界不再容忍倪氏继续通过操纵省议会巩固其在安徽的势力。面对全省各地“合法”选举，省学联以省教育会等十公团为基础，成立了

“安徽省澄清选举团”，号召全省各界人士开展反对贿选斗争。

与全省各地一样，黄瑞生在沈子修、朱蕴山、桂月峰等人的支持下，“三农”学生会成立了“六安选举监视团”。通过几次斗争的磨练，此时的黄瑞生已具备了一个成熟组织领导者的素质。他认为已经公开成立了“选举监视团”，倪氏贿选行为一定非常隐蔽，没有马上组织公开的监视行动，而是暗中组织“三农”学生了解过去两届议会贿选情况，在掌握了倪氏操纵议员选举的手段后，才有针对性地开展反贿选斗争。

过去两届选举都由倪氏掌控的“公益维持会”组织包办。他们伪造选举册，不问年龄大小，只要经过审查认为可靠的，就列入选举册，不可靠的就剔除，然后按照倪氏指定的人选，以每个人选 4 万元作为费用收买选票，然后雇人代写，选举时整批投票。

倪氏认可指定的人选多为横行乡里的劣绅，平日无人敢惹，黄瑞生知道对付这些劣绅，没有足够的证据不行。尤其是初选，遍布全县各乡村，无法监视到位。为了取得反贿选斗争的最终胜利，对于个别零星的贿选行为，黄瑞生没有打草惊蛇，只是组织“三农”学生暗中收集证据，劣绅高鸿万是监视的重点。他吃过“三农”学生的亏，对于自己曾被游街示众一直耿耿于怀。这次他决心借议会选举打个翻身仗，就上拜军阀为门额，下结豪绅为盟主，几经周折，终于如愿以偿，被倪氏认定为省议员人选。为了确保选上，初选前他不惜财力，四处贿选。有天黄瑞生得到消息，他又在自己开的高升客栈里聚众贿赂，便立即与学生骨干张月潭乔装赶到。

高升客栈位于西郊，是一座二进院子的徽式建筑，出城进城客人多在此歇脚，有住宿的，也有喝茶吃饭的。这天与往常一样，前厅正堂七八张桌子差不多坐满了客人。黄瑞生、张月潭来到客栈门口，观察片刻，黄瑞生小声对张月潭说，高鸿万他们不在前厅，进去后见机行事，想办法找到他们。张月潭说，不在前厅就在后厅，我们直接去后厅。黄瑞生说，直接去后厅不妥，弄不好会打草惊蛇。

两人正说着话，有几个村民走了过来，刚走进大门，里面的小伙计就迎上前，说几位乡党，就差你们了，快请进，高老爷在后厅。

张月潭望眼黄瑞生，黄瑞生不动声色地点点头。小伙计看到了站在门口的他俩，目送那几个村民去了后院，就转身走过来问，两位住店还是吃饭？

黄瑞生仰头看看天，抬脚边往里走边说，时辰早着呢，我俩是走亲戚回家的，脚力不行，路过这个客栈，我们还是先坐下歇息再说。

黄瑞生、张月潭在一张桌子边坐下，跟过来的小伙计说，那两位就沏壶茶？

黄瑞生眨着眼睛问，付钱不？

小伙计说，你这人真会开玩笑。

黄瑞生假装发愣。

早已憋不住的张月潭撂了一句，伙计，少不了你的钱。

小伙计脸色有点不好看，黄瑞生赶紧对他说，让你见笑了，我表弟就这脾气，没几个钱还打肿脸充胖子，不跟他计较。

没钱还这么冲？小伙计撇嘴说，我才犯不着跟他计较呢。

张月潭知道黄瑞生是在演戏，但又觉得没有必要，等小伙计一走，他就急着对黄瑞生说，我看不用再跟他多费口舌了，高鸿万他们就在后院，很可能正在贿赂村民，我俩不如现在就进去，逮他一个正着。

黄瑞生摆手说，不急，等小伙计茶上来了，我们再找借口进去。

小伙计提一壶茶过来，说二位喝茶歇息。他又指了指厅堂里的客人说，不过，住不住宿还得抓点紧，迟了恐怕客房就没了。

黄瑞生说，那你能不能带我俩看看客房？

小伙计说，我现在这么多客人，哪里走得开，客房就在后院，要看你们自己去，楼下楼上都有，空着的客房门都开着。

黄瑞生连连点头，谢谢，谢谢，那就不耽搁你了，我们自己去看。

黄瑞生、张月潭来到后厅，果然看见厅堂里高鸿万正在跟村民们说话。张月潭想近前听个究竟，被黄瑞生拽住，说不要打草惊蛇。两人装着看房，在后厅前走了两趟，虽然没听清楚高鸿万的话，但不少村民手上的钱却是看得一清二楚。

回到前厅，张月潭按捺不住地说，人赃俱在，我们不如就在客栈当场揭露高鸿万的贿选。

黄瑞生却摇头，这个地方不是选举现场，客栈是高鸿万自己开的，来的村民又是同村乡党，高鸿万抵赖，称是乡党客栈小聚，你又拿他奈何？

张月潭挠了挠头发说，人赃俱获他也敢抵赖？

黄瑞生说，有什么不敢？那些被贿赂的村民都是普通百姓，我们又不好搜查他们的口袋，再说即使搜出来了，又怎么能证明就是高鸿万贿赂他们的钱？

张月潭有点着急，问该怎么办才好。

黄瑞生说，不如等高鸿万走后，再找机会跟村民好好聊一聊。

这时那个小伙计过来了，望着他俩说，两位客房也看过了，到底住还是不住？

黄瑞生生气地说，你诓我俩，后院不少房间的门关着不假，可里面一点动静没有，哪是你说的都有客人？

小伙计急了，我诓你干吗？好多房间是高老爷客人的，他们现在都在后厅，房间里自然就没有动静了。

原来这样，难怪后厅聚那么多的人。黄瑞生假装想了一下，又问，我看他们跟我一样，都是穷山民，怎么能住那么宽敞的客房？

小伙计说，他们是高老爷客人，吃住不用自己掏钱。

哦？你们高老爷真不错。张月潭鄙夷地插了一句。

小伙计有点不高兴，白一眼张月潭说，不跟你们东拉西扯的了，房间看也看了，到底住不住？

住，住，黄瑞生说。

哪间？

就住后院楼梯口那间。

小伙计有点不屑，你也真会挑，那房原来是杂货间，又小又矮又黑，是我们客栈最差的，你俩不嫌弃？

黄瑞生说，睡什么地方不是睡？ 我俩又不是你们高老爷客人，吃住不花钱，能省点钱就行了。

小伙计摇摇头走了。

张月潭捂着嘴没让笑声发出来，好不容易忍住了才说，再装也不至于装成这个样子，活像个吝啬鬼。

黄瑞生却认真地说，我俩在小伙计眼里，就是穷山民，当然要住最差的房间了。

张月潭愣住，我们还真的要住？

黄瑞生点头说，现在天色渐晚，我俩想走也不能走了。

为什么不能走？

我俩不是本地人，这个天色再走，多半去城里，那我俩还是山民吗？ 先喝茶等着，总会有机会。

一壶茶还没喝完，就见高鸿万在村民的簇拥下从后院走过来。 穿过前厅正堂，他在门口站住，回头拱手对村民说，各位乡邻，晚上大家放开肚子，菜管吃，酒管喝，可不要忘掉，事也要照办哟。

照办，照办。 村民七嘴八舌，说得没精打采。

高鸿万乘一抬四人大轿往城里去了。 晚饭后，那些村民有的去房间休息了，有的在后厅里喝茶聊天，还有几个跑到了前厅。 黄瑞生、张月潭吃完饭就没离开前厅，一直等待着时机。 张月潭见那几个村民喷着酒气，就对黄瑞生说，看他们喝得不少，酒后吐真言，我现在就过去问他们。 黄瑞生说，急火打不了烧饼，见机行事，我俩一起过去，说话好有个照应。

两人凑过去坐下，黄瑞生羡慕地笑着说，今晚你们酒足饭饱，听伙计说是客栈高老爷请的？

那几个村民上下打量他。

张月潭说，这个高老爷好好的怎么就请你们喝酒了？

一个年长的村民问，你问这个干吗？

黄瑞生忙说，我这表弟羡慕你们，这个高老爷又给钱又请喝酒，我们怎么就摊不到这等好事？

几个村民面面相觑。年长的那个村民问，你什么时候看到高老爷给我们钱了？

黄瑞生说，不瞒各位乡亲，晚饭前我跟我表弟看房，在后院看到高老爷给你们钱了。

有个村民说，我看到你们俩走来走去的，不会是来监视我们的吧？

这一说村民都紧张起来。

监视你们，就我俩？黄瑞生假装诧异地说，我俩只知道怎么种茶，监视你们做什么？

不是“三农”监视团的？

监视团？

村民们放松下来，抢着告诉黄瑞生，你还不知道吧，马上就要选议员了，“三农”沈校长要查贿选，专门成立了一个“选举监视团”。

贿选？黄瑞生装着不理解，什么叫贿选呀？

看你俩年纪轻轻的，头一次参加选举吧？贿选就拿钱买选票，他们想写谁的名字就写谁的名字。

哦，黄瑞生恍然大悟的样子说，傍晚我们看房时好像听见高老爷说到什么选票，他不会就是买你们的选票吧？

这一说，村民们神色都紧张起来。

黄瑞生假装没注意，自顾自地继续说，我跟表弟急着往回赶，就是要回家参加这次选举的，唉，这回走亲戚，我跟表弟花了不少钱，怪叫人心痛的，要是你们高老爷把我俩的选票买去就好了。

一个年长村民说，年纪轻轻的，什么钱都想要？亏你想得出来。

张月潭脖子一梗，接话说，你们选票不是卖给高老爷了吗？

我们? 村民七嘴八舌了，个个叹气说，你当我们想这样?

黄瑞生挠着头发说，这就怪了，你们不想这样，他高老爷还能强迫?

年长的村民说，看你说的，他官府里有人，听说倪大帅都认识，况且我们租的地大多是他的，不把选票卖给他，我们日子能安生? 再说了，我们要这个选票又有何用，谁当这个议员跟我们老百姓有什么关系? 何况高老爷还给我们钱呢。

黄瑞生与张月潭相互看了一眼，说，高老爷买了选票还能他一个去投票?

村民们笑了，说到底是头一回，高老爷哪能自己一个人去投? 他把选票交给保董，保董代写代投，也可能把写好名字的选票还给我们，让我们自己投。

原来是这样? 张月潭按捺不住，兴奋地望着黄瑞生。

“三农”学生通过暗中监视调查，还掌握了史野芹、陈翅生等劣绅贿选的证据，他们的贿选办法如出一辙，黄瑞生没有打草惊蛇，派学生骨干暗中了解哪些保董参与其中，收集代写选票人笔迹。

很快就到了六安议员选举日。

那天，竞选者、投票者、各校师生、旁观民众云集六安云路广场。广场中间是主持选举工作的主席台。

主席台一侧有一面“六安选举监视团”的旗帜迎风飘扬。 旗帜周围站着黄瑞生和监视团十几个骨干学生。 宣传干事刘淠西看见了远处高鸿万身后站着一群壮汉，对黄瑞生说，高鸿万果然带来了打手。

黄瑞生也看见了，轻蔑地笑着说，道高一尺魔高一丈，他高鸿万敢吗?

原来高鸿万雇打手的消息黄瑞生提前就得知了。 为预防出现意外，黄瑞生以“选举监视团”的名义，组织了数倍于打手的“三农”学生。 这些学生个个手持童子军棍，当他们排着队浩浩荡荡地开赴云路广场时，不仅高鸿万意外，负责组织选举的“公益维持会”的人也有了几分胆怯。

维持会的一个负责人责问黄瑞生，你们监视团怎么来了这么多人？ 还个个手握童子军棍？ 不是破坏现场的选举气氛吗？

黄瑞生指着远处高鸿万身后的那群打手说，选举是大事，不容别有用心的人捣乱破坏，我们这是以防万一。

维持会的那个负责人无话可说，只得硬着头皮宣布开始选举。 收买选票都在此前完成，前两届当场收买选票的情况没有出现。 维持会的人见没露出什么破绽，脸上绷紧的肌肉渐渐地放松下来。

投票开始了。 那些议员竞选者心知肚明，票是收买的，只要投了进去，他们当选无疑，一个个都掩饰不住地露出得意的笑。

投票本该一人一票，但总有人一摞一摞地往票箱里投。 监视团的一个学生忍不住了，看见一个保董又要把一摞选票往票箱投时，便一步上前拦住，只允许保董投出自己的一票。 这个保董梗着脖子说，这些票都是乡党们委托的，你剥夺他们选举的权利？ 拦住他的学生说，谁知你投的票代表了哪个？

两人一争执，很多学生和竞选人的帮手就围了过去，先是互相指责，后来就动手推推搡搡。 黄瑞生走过去拽开争执的双方，对那个保董说，谁也剥夺不了谁的选举权，你说乡党委托你的，我们姑且信你。

双方都愣住了。

黄瑞生对同学们说，让他们投票，这不是最后的结果。

学生让开了，那个保董心有疑虑地把那摞选票投进了票箱。 难道监视团认输了？ 不仅是那个保董，就连维持会的人也感到诧异。

投票结束了，维持会的人和议员竞选者都长吁了口气。 维持会的人去抬票箱，黄瑞生上前说，选举必须公开透明，请你们打开票箱，当场记票并公布结果。

维持会的人怔了一下说，现场？ 现场有人捣乱你可负责？

黄瑞生说，这是我们监视团的职责所在，监视团这么多学生在维持现场，看他哪个敢捣乱？ 说完他一挥手，几十名手持童子军棍的学生就围了过来。

监视团这么做无可厚非。 维持会的人有点犹豫，但看到高鸿万等竞选人并不紧张，心里也就有了底气，同意开箱唱票。 打开票箱唱完票，维持会的人心彻底放下了，选举结果与贿选目标一致，并且高鸿万等劣绅还如愿获得了高票。

结果一宣布，旁观民众交头接耳，高鸿万等人也按捺不住地相互抱拳庆贺。

负责监督计票的黄瑞生，这时从选票中拿出了几摞选票，他举起喇叭大声说，请各位少安勿躁，现在公布的只是统计结果，但并不代表选举有效。

维持会的人正要收拾选票离开，听黄瑞生的话，全都愣住，片刻才回过味来。 其中一人上前打断黄瑞生说，监视团不可无事生非，弄出乱子来，你们吃不了兜着走。

黄瑞生没有理会，举起一摞选票继续大声说，各位选民、在场的民众、同学们，我手上拿的这摞选票是投给高鸿万先生的，选票上都是同一人笔迹，请问“公益维持会”的先生们，这些选票代表了谁？

维持会的人懵了。

站在不远处的高鸿万半天才回过神来，气急败坏地冲到了台前，恶狠狠地对黄瑞生说，你这个嘴上没毛的小崽子，休得胡说八道，仅凭字迹选票就作废了？

黄瑞生说，选票上的字出自一人之手，这个人能代表所有选举人的意愿？

高鸿万眼皮一翻，那就不会是乡党们委托的了？

黄瑞生轻蔑看他一眼，笑着说，高先生，你不会忘记前不久发生在高升客栈的事吧？

高鸿万怔了一下，但很快就耍起了无赖，什么高升客栈？ 你个毛头小崽子尽在胡扯。

黄瑞生冷笑说，高先生不怕腌臜见光，我不妨就替你揭开那层遮羞布。

高鸿万声嘶力竭地喊，你扯吧，扯吧，你让我跌相，我叫你难看。

黄瑞生心中的愤怒憋了很久，面对高鸿万的叫嚣，此时也控制不住了，指着高鸿万的鼻子把他在高升客栈聚众贿选的详细情况公布于众。

没想到自己的一举一动尽在黄瑞生掌握之中，高鸿万瞠目结舌，十分狼狈，只得掩面而退。

这真是一个大快人心的场面，学生们欢呼雀跃。

黄瑞生乘胜追击，又举起两摞选票说，这是投给史野芹、陈翅生两位先生的选票，字迹也分别出自一人。两位先生，你们可当众作一解释，为何出现这种情况？

史野芹、陈翅生哪敢回答，相视一下就赶紧低头退出。

黄瑞生说，还须我逐一列举吗？我看这场选举与前两届没什么两样，不过是贿选来得更隐蔽了一些，这样的贿选我们能承认吗？

反对贿选！坚决不承认贿选结果！话音刚落，刘淠西振臂高呼。

广场上群情激愤，口号声震耳欲聋。

在一片口号声中，那些刚刚“当选”的劣绅慌不择路，四散而去。高鸿万雇来的打手也暗淡退场。那几个维持会的人傻了，直到愤怒的学生挥舞着童子军棒砸了票箱，如梦方醒，灰溜溜跑回安庆向主子报告去了。

六安选举闹剧结束后，“三农”师生一面向《评议报》投书，揭露六安贿选丑行，一面公推朱蕴山等人到省高等法院告状。朱蕴山是《评议报》主编，他将揭露贿选的《评议报》印了一万份，散发全省，号召组织反贿选斗争。在各地学生和进步人士的组织推动下，全省40余县相继起诉本地贿选。

全省各地纷纷起诉贿选之时，倪道烺如热锅上的蚂蚁，他和贿选上的议员找到省长聂宪藩，逼迫他同意召集省议会。各地正起诉贿选，“六二惨案”还未平息，聂宪藩既怕激起全省公愤又惧倪氏势力，不敢下令召集，最后被迫辞职。

聂宪藩辞职正中倪道烺下怀，遂携40万元赴京贿买国务总理靳云鹏，推举倪嗣冲的旧幕僚李兆珍继任省长，意在镇压学生，维护贿选。省学联得知李兆珍继任省长，联合省十公团发起“驱李”运动。李兆珍到任当天就遭学生拦截，化装进入省长公署后，又面临罢课、罢工、罢市。安庆各界召开“驱李”大会，市民、学生连续三日结队赴省长公署，高喊“驱李”口号。老耄昏聩的李兆珍又惊又怕，七日后辞职离皖。

北洋政府又派皖人许世英入主安徽。他一到任就面对前任的同样问题，一方各地纷纷起诉贿选，另一方贿选议员逼迫他同意“依法”召集省议会。相持不下，久拖不决。

恰在此时，六安与无为两县起诉贿选案有了结果，法院迫于证据确凿，不得不判两县议员选举无效。这是反对贿选斗争的重大胜利。省议会选举法有一条规定，省议员如有一县选举无效，即全省无效。倪道烺此时慌了手脚，马上召集各地贿选议员，群聚安庆围堵省长公署，试图再次逼迫许世英。许世英混迹政界多年，曾任北洋政府司法总长、交通总长等要职，又是段祺瑞的“盟兄弟”，深谙官场一套。他与倪氏本就有矛盾，却不愿因此与倪氏直接冲突再结恩怨，闭门不见，躲在署内卧床闭目养神。

省长公署门外挂了牌子，上书六安等县法院判决。这是精明的许世英让人挂上去的。他心里清楚，安徽各界也会找他要求宣布选举无效。牌子挂在公署门口，态度虽不明朗，各界也会依法驱散那些围堵公署大门的贿选议员。他没有动手，倪氏也不好怪罪于他。

果然各地代表团到了安庆，到处搜寻聚集在省城的议员和“公益维持会”的人。多数议员和“公益维持会”的人闻风走避，只有少数还撑着，其中有个叫马仲武的贿选议员，素以议员当中的“鹅毛扇子”

著称，找到他的学生当面揭露了他的丑行后，都往他脸上吐口水，狼狈之极，再也不敢露面。

“鹅毛扇子”不露面了，省长公署门前也清静下来，许世英这时才出面，向全省各界公开宣布，第三届安徽省议会选举无效。

消息传到六安，黄瑞生和“三农”的同学们结队去了云路广场，当他们看到许多民众也不约而同到来时，不禁为自己在反贿选斗争做出的贡献而自豪。

全省都在欢腾，各地都以不同方式庆祝反贿选斗争胜利。

在全省一片庆贺声中，许世英总算摆脱了上任伊始的困境，也如愿地削弱了倪氏在安徽的势力，但欣喜之余，也有一丝兔死狐悲之感掠过他的心头。

第六章 与“胡子派”做斗争

许世英入主安徽省，调自己的部属北洋政府司法部刑事司司长骆通任六安县知事。骆通跟随许世英入皖主政六安，目的是控制皖西，为直系军阀曹锟贿选大总统效力。此人是一个代表封建势力的老朽官僚。他一就任知事，就与六安的封建落后势力、豪绅劣董沆瀣一气。六安城里一时间沉渣泛起，除了“三农”，教育界其他机构的局长、所长、校长几乎都由封建落后的老朽担任，就连一直不敢露面的前督学王畹香、夹起了尾巴的劣绅高鸿万都成了县署常客。一时间，没落的旧派和劣绅都以为有了靠山，趾高气昂，鱼肉百姓。

骆通下巴长着稀稀拉拉几缕枯涩胡子，民众形象地把以他为首的封建势力称之为“胡子派”。“胡子派”的倒行逆施，引起了六安民众的强烈不满，代表进步力量的“三农”，遂与之展开了针锋相对的斗争。

骆通不顾民众沉重负担，通过增加田赋、加收钱粮附加，为曹锟贿选筹款。在他主持的各界代表参会的钱粮附加会议上，遭到了沈子修、黄瑞生等人的强烈反对。那天黄瑞生代表六安学联，首先打了头炮，坚决反对加收钱粮附加，并毫不留情地揭露了骆通此举的目的。骆通对“三农”早有耳闻，但他自恃有曹锟、许世英做靠山，没把黄瑞生等人放在眼里，蛮横地斥责黄瑞生蛊惑人心、反对政府，并借军阀势力加以恐吓辱骂。骆通如此嚣张，有一个学生代表怒气难咽，指着骆通奚落了一番，称他是没落腐朽的“胡子派”，骂他是反动军阀的忠实走狗。骆通哪里受过如此辱骂，脸涨得通红，抖簌簌地举起手，嗓音嘶哑地传令警察驱逐学生代表。

门外的警务所巡官、壮班的保卫和快班的警察都冲进了会场，但同时冲进来的还有很多学生。一边是警察，一边是学生，双方对峙，一触即发。黄瑞生这时走上前去说，这样的会议我们不参加也罢，然后就领着学生大踏步地往外走。

望着学生们离开会场的背影，骆通得意起来，对其他参会代表说，几个学生就想跟我骆某斗，也不看看我骆某何许人也。

沈子修知道黄瑞生并非惧怕骆通的威吓。会前他就叮嘱黄瑞生，骆通虽老朽却死硬，与他斗争要讲究策略，会上阻止不了钱粮附加，就发动各界开展“驱骆”斗争，把骆通赶出六安，彻底击溃以他为首的“胡子派”。

骆通还沉醉在自己的威严之中，沈子修说，知事大人，我们六安教职工联合会支持学生意见。六安百姓生活本已不易，县府此举又加重了他们的负担，试问，如果激起民愤引发抗议政府事端，骆知事如何收拾？

抗议？骆通捋着胡须说，本县不是几位前任，不会心慈手软，乱民胆敢目无法纪，本县坚决依法从事。

沈子修笑了，骆知事不愧是司法官员出身，那就拭目以待吧。

骆通鼻子里哼了一声，对沈子修说，我劝你还是管一管“三农”的学生，六安教育界都是被你们“三农”搞乱的。

沈子修讥讽说，六安的教育机构都像师范讲习所那样，骆知事就满意了？

骆通点头，那是，讲习所的李朗斋所长推行八股辞章、保护国粹，难道你们“三农”不该效仿吗？

沈子修说，效仿？骆知事是要我们“三农”效仿封建遗老吗？那我也代表六安教职工联合会，向知事大人正式提出革新桑梓教育，提请撤换师范讲习所、教育会、劝学所 3 个机构的老朽官吏。

骆通没想到沈子修竟然提出撤换他最满意的 3 个教育机构负责人，勃然大怒说，沈子修休得胡言，本县岂能由你说三道四！

沈子修站起来，抻抻衣袖，拎包离开座位，边往外走边说，知事大人好自为之吧。

一回到学校，黄瑞生就向他报告说，学生会刚才召开会议，一致动议开展“驱骆运动”。沈子修说，我支持你们学生会的行动，把骆通驱逐出六安的同时，还要把那些“胡子派”从教育机构里清除出去，以正六安风气。

正当“三农”师生酝酿驱“骆”易“长”之时，六安城发生了一桩婚姻官司。有一个女青年向县衙状告男家逼婚，要求保障女权。男家得知女青年递了状子，暗地里行贿骆通。女青年自知男家有势力，怕打不赢官司，想到了“三农”学生会。她找到黄瑞生，诉说了自己的事件，黄瑞生答应开庭那天，他和“三农”学生一定到场旁听，如判决不公，他们将为女青年据理力争。

那天骆通端坐大堂之上，听女青年念了诉状，眯起眼睛说，你这小女子，怎好信口雌黄，这桩婚事你父早已同意，且又收了夫家礼钱，不可出尔反尔。女青年说，我父何时同意，又何时收了礼钱？我父当初治病借了他家的钱，他家说，不用急着还，何时有何时还，他家才是出尔反尔。后来我父病未治好过世，他家才提出那钱可以不还，只要我嫁到他家，就算是彩礼。我家人穷志不短，坚决不同意，要借钱还他家。他家却说，成婚的日子已经选好，到时强行迎娶，他这是仗势欺人，欺侮我们小老百姓，请知事大人为小民做主。

是吗？骆通捋着胡须问那男家。

男家说，她说得一点没错，成婚日子是选好了，婚姻大事不是儿戏，怎可说变就变，还望知事大人准了这桩婚事。

骆通慢条斯理地说，她告你仗势欺人，把借她家的钱说成是彩礼，可有此事？

那男家说，知事大人休听她乱言乱语，那钱就是彩礼，当时她又不在跟前，是她父点头同意的。收了彩礼又想反悔，泼出去的水哪能再收回去？还望知事大人秉公断案。

女青年说，我父已经过世，如果当初果有此事，我母怎也不知？早知你家居心不良，我父就是不去治病，也不会朝你家借钱。知事大人，正如他家刚才所说，婚姻大事岂能儿戏，我是这桩婚姻的当事人，当事人都未同意，这桩婚姻还能成立？

你来我往，各执一词，旁听民众纷纷议论。

骆通一拍桌子，摆出一副威严的神态，抬高嗓音说，肃静，肃静，这是断案公堂，不得大声喧哗。

大堂倒也静了下来，大家竖起耳朵听这位知事大人到底如何断案。

骆通见众人都望他，自鸣得意，不紧不慢地说，这等鸡毛蒜皮的小事，本县本不该管，但一个小女子都不在闺房待嫁，反倒不知廉耻地抛头露面，跑到县衙闹起了离婚，可见六安世风日下，不加以整肃，六安不可救也。说到这，骆通又一拍桌子，摇头晃脑地说，故本县驳回小女子诉状，判其不得毁婚，夫家尽可择日迎娶。

骆通这一判决，全场哗然。

坐在黄瑞生旁边的学联代表张月潭，在家排行老三，秉性倔强，时人多呼之“张三犟子”。他听到骆通如此断案，站起来指着骆通的鼻子喝道，你竟然如此断案，还有何公理？像你这样昏庸没落的知事，六安民众不欢迎，趁早滚回你的老家去吧！

张月潭当头一棒，骆通不禁怔住。前不久的钱粮附加会议上，学生们在警察面前退出会场，他以为是武力恫吓的结果，但这才几天，学生竟又在断案公堂上公开羞辱他，既突然，又无法容忍。

骆通正欲呵斥这个胆敢羞辱他的学生，黄瑞生又站起来，指着他说，知事大人，你如此断案，足见你代表的是没落腐朽，自你来到六安，倚官挟势、官官相卫、政以贿成，本已风清气正的六安，被你带来的一股浊气搅得乌烟瘴气，六安民众早就忍无可忍，我们代表六安学联，奉劝知事大人好自为之，不要与民众为敌，做社会前进的绊脚石，否则纵有再大靠山，也免不了滚出六安的命运。

张月潭振臂高呼——骆通滚出六安！

立刻喊声一片，学生高呼着口号逼向骆通。骆通见状，慌了神，也不顾知事大人的威严了，跌跌撞撞地离开太师椅，在警卫的层层保护下退出大堂。

张月潭领着学生跟随其后，高呼骆通滚出六安的口号。大批手持棍棒的警察赶到，骆通这时才又端起了知事的架子，止步冲着跟随的学生大声训斥。口号声掩盖了他的声音，他气急败坏地下令警察镇压。

眼见就要发生流血事件，黄瑞生冲上前去阻拦学生向前的步伐，但走在最前面的张月潭还是被警察伤到头部。回到“三农”，沈子修、朱蕴山、桂月峰等人都过来看望受伤的张月潭，并跟黄瑞生他们商量决定由此拉开“驱骆运动”的大幕。

学生们又在警察的棍棒下退去了，骆通再次错误地估计了形势，以为学生惧怕武力镇压，更加恣意妄为，但没过几天，一叠传单就摆在了他桌上。这是矛头直接指向他的《驱骆宣言》。宣言中列举了其十大罪状，行文犀利、击中要害，犹如一把利剑戳向他的心脏。他喘着粗气，跌坐在太师椅上，歇了很长时间才有力气传人进来。到这时，他再也不敢轻视“三农”了，下令发出告示，查抄没收传单，禁止学生结队游行。

《驱骆宣言》由后来成为著名作家的教员钱信邨执笔，黄瑞生领导的学生会给他收集的骆通到六安后勾结劣绅、横征暴敛、压制民主、阻挠革新、政以贿成等十大罪状，被他全部写进了宣言。“三农”学生会将《驱骆宣言》印成数万份传单，组织学生走上街头散发。

骆通告示发出后，黄瑞生没有丝毫退缩，一面联络六安各校商讨驱骆事宜，一面急电省学联和芜湖学联。骆通得知消息，派出县署所有警力突击查封了学生联合会，扬言要拿办黄瑞生等蛊惑民众分子。

值此剑拔弩张之际，“三农”学生会派出代表日夜兼程赶到安庆，在省学联的配合下，向省长公署控告骆通罪行，要求将其撤职查办。沈子修、朱蕴山等人也在《评议报》上呼吁驱骆，得到了省城安庆教育界知名人士刘希平、李光炯等人的支持，发起成立“驱骆后援会”。与此同时，在省城安庆读书的六安籍旅外学生许继慎等人纷纷赶回六安，在城关一高成立“旅外学生会”，也旗帜鲜明地加入到“驱骆运动”之中。

各界“驱骆”力量动员起来了，黄瑞生遂与沈子修、许继慎等人决定联合各界召开“六安民众驱骆大会”。黄瑞生从五四运动、“六二运动”以及反贿选等运动中汲取了丰富的斗争经验，深知民众在斗争中的重要性。为保证“驱骆大会”成功，黄瑞生组织“三农”学生深入大街小巷，向民众揭露骆通倒行逆施、损害民众利益的罪行，呼吁民众参加“民众驱骆大会”，把代表封建落后的“胡子派”头子赶出六安。

“民众驱骆大会”在云路广场举行。大会除各校师生，还有工、农、商各界人士以及自发前来参加的大批民众。大会由各界代表分别向民众历数骆通罪行，通过了向省长许世英控诉骆通的电文。会后结队游行，一路高呼“驱骆”口号。城关的烟工、抬杠工、商人、市民纷纷加入游行。人越来越多，队伍越来越长，口号声越来越震耳。

骆通事先得知六安各界要在云路广场召开“驱骆大会”，欲调集县署警力前去阻止。但警务所、壮班、快班的警察都不敢前去。警务所长还劝骆通，说他们人多势众，仅凭县署警力远远不够，去了不仅阻止不了，反倒惹火上身，不如守好县署，以防万一。骆通气得无话可说。他哪里知道，县署警察多为本地人，哪个不知道“三农”的厉害。前几次抵制日货、反对贿选，前任知事都没敢派警察，何况此次“驱骆”，除少数“胡子派”和劣绅，六安各界空前的一致，就连旅外学生都赶回了六安。

困在县署里的骆通还在生气，外面传来了震耳欲聋的口号声。警务所长慌慌张张地跑进来报告，说是游行队伍围住了县署。骆通跺脚下令驱散。警务所长说，黑压压的人，哪能驱散得了？不就是学生？骆通颤颤巍巍地走到窗口，向外望去，不禁倒吸凉气。哪里是几个学生，分明就是全城的百姓。腿一软他就瘫倒在地。

警务所长正不知所措，县署大门已被愤怒的民众冲破。他们涌进大堂，砸了公案和“肃静”“回避”牌，搜到后堂，看见骆通的一副狼狈相，既痛恨又好笑，架起他的膀子往外走。在游行队伍的押送下，瘫如一堆稀泥的骆通被架到了东城门外，掷在一棵枯死的大树下。

堂堂北洋政府司法部刑事司司长，就这么被六安民众驱逐出城，如此狼狈，岂能甘心？他慢慢坐了起来，环顾四周，一个人影都没有。他的那班“忠心耿耿”的警察护卫呢？他的那班把他捧为救世主的“胡子派”遗老遗少、豪绅劣董们呢？他长长叹了口气，慢慢站了起来，依依不舍又心怀恐惧地望向城门。城门口站着好几个人，老眼昏花的他虽然看不清是否是学生，但再不敢往前靠近，生怕再被架起掷到荒郊野岭。

好不容易走到南门，还没走近，发现门口同样有几个人。骆通懵了，看来六安城是进不去了。

这一点骆通想对了。

沈子修曾告诉过黄瑞生，骆通虽老朽，却又硬又臭。

将骆通逐出东城门后，六安城的六道城门都有“三农”学生日夜轮流把守。可怜老迈的司法部司长大人，屈就六安知事只几个月，就如一条丧家之犬再也回不了他的县署了。

但又硬又臭的骆通，还不甘心失败，他想起了主子许世英，决定回省城安庆求救搬兵。他幻想着许世英派军警随他重返六安，到那时，他就要狠狠收拾那帮造反的学生、民众。他四处张望，寻找着马车的踪影。昏眩的脑子里，忽然有了高鸿万的影子，他想起了高鸿万曾跟他说过，高鸿万在城郊有开了家名叫高升的客栈，就离南门不远，其中几间比较讲究的客房不供客人使用，高鸿万跟他说，他何时需用都行。

骆通眼睛里有了希望，连同那个幻想，支撑着他找到了高升客栈。客栈管事的听说他就是知事大人，吓得大气不敢出，赶紧领他去了一间客房。

没想到高鸿万就在里面。见到丧魂落魄的骆通，高鸿万赶紧扶他坐下。骆通也好像还过了魂，问高鸿万怎么也在客栈。高鸿万哭丧着脸说，知事大人有所不知，现在城里学生到处找“胡子派”骨干分子、巨豪劣绅，一旦被他们找到，就要拉出去游街。骆通恶狠狠地说，我来客栈不是找个躲避的地方，是找你套辆马车送我去安庆，向许省长控告他们。高鸿万喜出望外，说我高鸿万陪知事大人一同前往。

次日一早，一辆马车载着骆通、高鸿万往安庆方向急驰而去。

赶到安庆那天，正是7月7日。这一天，省长许世英抵抗不住强大的舆论压力，被迫接受“驱骆大会”条件，已经免去了骆通的六安知事。

可怜的骆通哪里知道，等待他的却是一纸免职文书。

树倒猢狲散，六安的封建余孽都成了缩头乌龟。“三农”师生趁热打铁，强烈要求县署撤换仍掌握教育界的“胡子派”，开展易“长”斗争。“胡子派”代表人物王畹香被“三农”学生编成《奴才小史》印发，他的丑恶嘴脸为六安民众唾弃。躲在安庆的劣绅高鸿万也被揪回了六安，由“三农”学生押着在大街小巷游街。

这真是一个“是非之地”呀。新任知事迫于“三农”师生和六安各界进步力量的压力，终于撤换了“胡子派”控制的各教育机构负责人。易“长”斗争在成功驱“骆”不久大获全胜，县教育局、县师范讲习所、县教育会和县视学都掌握在了六安进步人士手中。

第七章 寻找心中向往的党

黄瑞生“三农”毕业后考入西安的国立西北大学。

两年后，震惊中外的五卅运动在上海爆发。

1925年5月15日，上海日商内外棉七厂资本家借口存纱不敷，故意关闭工厂，停发工人工资。工人顾正红带领群众与资本家理论，要求复工开工资。日本资本家非但不允，还向工人开枪，顾正红身亡，10余人受伤，成为五卅运动的导火索。

早在1月，中共四大提出无产阶级在民主革命中的领导权问题，决定加强对工农群众运动的领导。中共四大以后，群众运动特别是工人阶级反帝斗争迅猛发展。从 2 月起，上海 22 家日商纱厂近 4 万名工人为反对日本资本家无故打人、无理开除工人、要求增加工资而先后举行罢工。

顾正红被枪杀的次日，中共中央发出第 32 号通告，紧急要求各地党组织号召工会等社会团体一致援助上海工人的罢工斗争。19 日又发出 33 号通告，决定在全国范围发动一场反日大运动。22 日，中共中央召开紧急会议，决定以反对帝国主义屠杀中国工人为中心口号，发动群众于 30 日在上海租界举行反对帝国主义的示威游行。同时为加强工会组织的力量，决定由共产党人李立三、刘华等主持，成立上海总工会。随后刘少奇到达上海，参加上海总工会的领导工作。5 月 30 日上午，上海工人、学生 2000 多人分组在公共租界各马路散发反帝传单，进行讲演，揭露帝国主义枪杀顾正红、抓捕学生的罪行。租界当局大肆搜捕爱国学生。当天下午，仅南京路的老闸捕房就拘捕了 100 多人。万余名愤怒的群众聚集在老闸捕房门口，高呼“上海是中国人的上海！”“打倒帝国主义！”“收回外国租界！”等口号，要求立即释放学生。英国捕头竟调集通班巡捕，公然开枪屠杀群众，打死 13 人，重伤数十人，逮捕 150 余人。其中逮捕学生 40 余人，射杀学生 4 人，伤学生 6 人。6 月 1 日枪毙 3 人，伤 18 人，制造了震惊中外的五卅惨案。

当天深夜，中共中央再次召开紧急会议，决定由瞿秋白、蔡和森、李立三、刘少奇、刘华等组成行动委员会，具体领导这次斗争，组织全上海民众罢工、罢市、罢课，抗议帝国主义屠杀中国人民。从 6 月 1 日起，上海全市开始了声势浩大的反对帝国主义总罢工、总罢市、总罢课。英、美、意、法等国军舰上的海军陆战队全部上岸，上海民众不惧怕帝国主义的镇压，20 余万人罢工，5 万学生罢课，公共租界全体商人罢市，甚至租界雇佣的中国巡捕也宣布罢岗。与此同时，上海总工会成立，李立三任委员长，并与全国学联、上海学联、各商界总联合会共同组成上海工商学联合会，结成了各界民众反帝统一战线。

五卅运动的很多重要信息，黄瑞生都是在《热血日报》上获得的。为打破帝国主义和反动当局的舆论封锁，中共中央于 6 月 4 日创办了《热血日报》，主编是瞿秋白。这份报纸及时向全国民众传达党指导运动的方针、政策，揭露帝国主义罪行，发表了《中国共产党为反抗帝国主义野蛮残暴的大屠杀告全国民众书》，指出“上海和全中国的反抗运动之目标，决不止于惩凶、赔偿、道歉等”“应认定废除一切不平等条约，推翻帝国主义在中国的一切特权为其主要目的”。黄瑞生不仅通过这份报纸全景式地了解到了五卅运动，还强烈地感受到了中国共产党的领导力量，看到了中国未来的希望。想起自己在“三农”参加的“中国革命小组马克思主义研究会”，他心潮澎拜，萌发了加入中国共产党的迫切愿望。

可是 1925 年的 6 月，身在西安的他，又如何找到他心中向往的共产党呢?

西安市莲湖区回坊内的桃胡巷，是西安有史料记载的最早的中国共产党党组织的所在地，从第一个党组织——西安特别支部，到随后成立的西安地委，都在这一带活动。中共西安特支在党史上被称为“西北的萌芽”。这一株“西北的萌芽”由安存真和吴化之受中共北方区委之派播种下的，其时是 1925 年 9 月。

而此时，黄瑞生因参与反对帝国主义和陕西封建势力斗争被校方开除学籍，已在激愤中离开西安奔赴北京了。

黄瑞生在“三农”时就知道北京有陈独秀、李大钊。他想只要到了北京，就一定能找到共产党。辗转到了北京，他找到“三农”时的同学吴璞如。吴璞如是一年前考入西北大学的，与六安会馆比较熟悉，黄瑞生经他介绍在六安会馆暂住。当时恰逢北京各大学入学考试，但各大学此时接到北洋政府指令，不准吸收各地闹学潮的学生，西北大学闹学潮被开除的学生也在名单之中，黄瑞生由此被拒之门外。不得已，他经“三农”同学吴璞如介绍暂时入北京励群学院补习英语、数学，等待来年。

就是在这个励群学院补习期间，黄瑞生认识了中共党员詹乐平。詹乐平1923年考入北京农业大学，次年入党，他的公开身份是北京农业大学学生会主席、北京大学生联合会农民部长。

詹乐平经常到励群学院给同学们上补习课，之余还宣传俄国十月革命，讲马克思主义。听到这些，黄瑞生就与詹乐平有一见如故、情同手足的感觉。詹乐平所讲内容，他几年前参加“中国革命小组马克思研究会”时都有所接触，有的还做过深入的研究，好几次他都欲言又止。

五卅运动两个月后的7月31日，南京发生了和记下关惨案。这一天，英海军陆战队士兵和印度巡捕房巡捕向和记洋行工人开枪，当场打死、打伤数十名，逮捕百余名。英帝国主义的血腥镇压，激起了南京各界和全国民众的极大愤慨，抗议示威，各种消息交织着传到补习的学生中。黄瑞生虽未亲身经历，也强烈地感受到了那种同仇敌忾的斗争场景。他多次参加组织过反帝反封建斗争的学生运动，是多么地想投入到这场斗争中去。但此时的他，却像一片浮萍随波逐流，直到有天詹乐平跟他们谈起和记惨案时，他这片浮萍才有了方向。那天詹乐平告诉同学们，南京和记洋行工人的斗争，是上海五卅运动在南京的继续。8月4日，南京各界民众举行大规模的游行示威，成立了“下关惨案后援会”。中共中央、共青团中央联合发表了《告工人学生和士兵书》，谴责英帝国主义的罪行，号召人民坚持斗争到底。

听了詹乐平的话，黄瑞生心里敞亮起来，忍不住悄悄问詹乐平是不是共产党。

詹乐平笑了，没点头也不否认。

其实，詹乐平早就注意到了黄瑞生。他从吴璞如那里了解过黄瑞生的情况，已考虑让黄瑞生担负一些党的外围工作。现在黄瑞生问他是不是共产党，眼神又是那么迫切，他便将和记惨案以及党领导这场斗争的详细情况告诉了黄瑞生。

和记洋行位于下关宝塔桥（今下关区宝塔桥西街168号），占地52公顷，当时每年生产旺季，日屠宰生猪3000头左右，加工鸡鸭2万余只，蛋制品产量100余吨（最高达300吨）。雇佣中国工人达四五千人（最多时达万余人）。有300多个外庄（收购站），长江三角洲（今宝塔桥）一带，建有专用水厂、栈桥、码头，备有趸船和小火轮。和记洋行全称为“英商和记有限公司”，是当时中国最现代化的食品加工厂。上海发生了震惊中外的五卅惨案后，南京各校学生6月1日相继罢课，上街游行演讲，声援上海工人和学生的斗争。6月4日，学生演讲队集中到和记洋行门口，向工人讲述五卅惨案的真相，高呼“工人团结起来！”“罢工，向英帝国主义抗议！”等口号。和记洋行工人深受英商压迫剥削，不仅在经济上受剥削，而且没有人身自由，英商可以随便拘押、吊打工人，出厂门要被搜身，稍不顺意，就被挂牌示众，有的甚至被活活打死。学生们的演讲唤起了他们的反抗精神，在共产党员宛希俨、曹壮父等人领导下，成立了罢工委员会和各界救济罢工委员会。6月6日，罢工委员会组织全厂5000多名工人，编成10个大队走上街头举行游行示威。游行队伍在城南夫子庙女工吴兰英、老工人江有荣代表和记工友，对残暴的英商老板及所雇封建把头进行了血泪控诉。学生代表也发表了慷慨激昂的演说。现场群情激愤，口号声、鞭炮声、锣鼓声响成一片。6月10日，和记洋行的罢工委员会召开工人代表会议，会上提出并议决关于组织工会、废除包工制、合理发放工资、职工劳保福利保障等十三条要求，作为向厂主谈判复工的条件，并派出谈判代表。英商不但不接受工人的谈判条件，还用武力相威胁，让停泊在和记洋行码头的英军舰上的水兵登陆，进驻工厂，以此威吓工人。但工人们并没有被吓到，仍然继续坚持罢工，并声明，如英商不接受谈判条件，就绝不复工。6月26日，在中共南京支部和共青团南京地委的组织领导下，和记工会召开了成立大会，展开了更加深入的斗争。工人们的罢工斗争，使得洋行损失了1000多万大洋。罢工斗争坚持到第42天的7月17日，洋行买办罗步洲和马嘉德只得被迫接受了绝大部分复工要求，并由和记洋行正式签章发文，送交下关商埠会保存。但英商不甘于失败，开工半月就谎称原料缺乏宣告停工，想借此开除工人。工人闻讯后，即推举代表同买办罗步洲交涉，要求履行原订条约，发全月薪金。罗步洲秉承英商之意，只答应发给半月工资。工人们坚决不答应，英商便露出了狰狞面目，在所订条约墨迹未干之际，早就做好准备的英舰海军陆战队和印度巡捕房突然涌进工厂，向手无寸铁的工人开枪射击，制造了和记下关惨案。

听了这些介绍，黄瑞生神色凝重。詹乐平望着他说，惨案引起了中国共产党的重视，不仅发表《告工人学生和士兵书》、组织南京各界游行抗议、成立“下关惨案后援会”，还号召组织民众作坚决的持久的斗争。说到这里，詹乐平停顿了一下，愤怒地说，英商、英海军陆战队面对各界的声讨，极力狡辩，找出种种理由把责任都推到了和记工人身上，企图混淆视听，掩盖真相。

真相岂容掩盖？黄瑞生忍不住地说。

詹乐平点头说，为了还原惨案真相，向民众公开揭露英帝国主义的罪行，在更大范围唤醒民众，掀起反对帝国主义的高潮，共产党决定对和记洋行工人罢工始末作详细调查。

听说共产党要组织调查，黄瑞生心里一亮，按捺不住地问詹乐平，他能否参加这个调查。

詹乐平笑了，说我正要跟你说这件事，你过去的经历和来北京这几个月的所作所为，受到了中共北京地委的关注，这次调查打算请你参与。

黄瑞生激动起来，搓着双手说，太好太好了。

詹乐平提醒说，这个调查辛苦自不必说，还要面对英帝国主义，风险很大，你要有思想准备。

黄瑞生说，不怕，只要能为反帝斗争做点贡献，冒再大风险我也要参加。

后来他化名黄瑞绅南下去了南京。经过艰苦细致地深入调查，他在上海《民国日报》上发表了调查报告，向社会各界民众揭露英帝国主义惨杀和记工人的罪行，出色完成了党委派的工作。从此詹乐平就视他为知已，经常让他参与党的外围工作。

这年秋，黄瑞生化名黄瑞卿报考北京农业大学，以全班第一成绩被农艺系录取。考入北京农业大学，黄瑞生成了詹乐平的学弟，接触相处得更多了。

詹乐平以学生会名义每周组织一次学生“自由辩论会”，讨论“如何才能打倒帝国主义”“如何才能打倒军阀统治”等一系列问题，这让黄瑞生不由想起“三农”的读书会，其形式是多么相似，一样的热烈，一样的争论不休，但黄瑞生感觉到，现在的主题更鲜明、更深入、更有利于提高学生反帝反封建的思想觉悟。讨论的很多问题都是他一直思考的，自由讨论会他几乎场场参加，结合现实社会发表自己的见解、思路。詹乐平欣喜地发现，他这个学弟不仅学习刻苦、成绩优异、思想进步，还具备了马克思主义思想水平。

1926 年冬的一天，是黄瑞生短暂人生中难以忘怀的一天。经詹乐平介绍呈报中共北京地委批准，黄瑞生终于加入了他心中向往的中国共产党。到这时他才知道，原来詹乐平竟是中共北京农业大学地下支部书记、中共北京地委农民运动委员会委员。

那天虽然寒冷，但北京农业大学一间校舍里却温暖如春。墙壁上临时挂起了党旗，黄瑞生跟着詹乐平面对党旗庄严地举拳宣誓——

我志愿加入中国共产党，努力革命，阶级斗争，服从组织，牺牲个人，严守秘密，永不叛党，为共产主义奋斗终身。

宣誓完毕，黄瑞生久久凝视党旗，心情难以平静。

詹乐平握住他的手说，祝贺黄瑞生同志，从今往后，我们并肩战斗，为共产主义奋斗终身。 黄瑞生眼睛湿润，激动地说，詹书记，我是党的新兵，请把我放在暴风雨中摔打，我决不辜负我敬爱的中国共产党！

第八章
革命岂止苦与累

1926 年初，北京农业大学的党组织进行了调整，在原支部基础上成立了校党总支（特别支部），詹乐平任书记。各系也成立了党团支部，刚入党不久的黄瑞生被任命为农艺系中共暨共青团支部书记。黄瑞生在担任党团支部书记的同时，还与詹乐平一起肩负学生会的领导工作。

这一年的 3 月 12 日是孙中山逝世纪念日，冯玉祥尚未离京，北京还处于国共合作和革命的高潮期。

早在 1922 年，孙中山与陈炯明决裂后开始接受中国共产党和苏俄的帮助。1924年1月20日至30日，在共产党人的参加与帮助下，孙中山在广州召开了国民党第一次全国代表大会，重新解释了三民主义。大会通过了共产党人起草的以反帝反封建为主要内容的宣言，确定了联俄、联共、扶助农工的三大政策，把旧三民主义发展为新三民主义。共产党员李大钊、谭平山、毛泽东、林祖涵、瞿秋白等10人当选为国民党中央执行委员或候补执行委员。国民党部的一些重要职务也由共产党人担任，其中毛泽东任宣传部代理部长、谭平山任组织部长、林祖涵任农民部长。全国大部分地区以共产党员和国民党左派为骨干改组或建立了各级国民党党部。国民党由资产阶级政党开始转变为工人、农民、城市小资产阶级和资产阶级的民主革命联盟，成为各革命阶级的统一战线组织。

1924年10月，直系将领冯玉祥发动北京政变，把溥仪赶出故宫，与奉系军阀张作霖联合推翻曹锟为总统的直系军阀政府。随后冯玉祥、段祺瑞、张作霖电邀孙中山北上共商国是。孙中山接受邀请，并提出废除不平等条约、召开国民会议作为解决时局的办法。11月，孙中山离广州北上，先抵上海，再绕道日本赴天津。12月底，扶病到达北京，不幸于1925年3月12日因患肝癌在北京逝世。逝世前夕签署的遗嘱，包括《国事遗嘱》《家事遗嘱》和《致苏俄遗书》三个文件，阐明了他实行三大政策，坚持反帝爱国事业的坚定信念，发出了“革命尚未成功，同志仍须努力”的号召。按照孙中山“吾死后，可葬于（南京）紫金山麓，因南京为临时政府所在地，所以不忘辛亥革命也”的遗嘱，其灵柩暂厝于北京香山碧云寺内，待南京紫金山陵墓建好后再移葬。

孙中山逝世周年纪念前后，很多国民党人、共产党人都聚集到北京。在这样的时代背景下，北农大党的工作十分紧张繁忙，其工作内容包括学生运动、国民革命运动、农民运动三个方面。此外，北农大党组织根据学校和学生的特点，还发起组织成立了党联系学生的一个群众性团体——农业革新社。

黄瑞生是农业革新社的骨干，组织领导进步学生围绕我国当时农业经济社会和政治各方面的问题进行研讨，对帝国主义、军阀、官僚统治下的半封建半殖民地的农村问题，提出实质性的革新意见。革新社研究问题是一个方面，更重要的是通过研究讨论，把革命引向正确的方向。当时北京农业大学除了有共产党人、国民党人，还有青年党人。在国民党人中还有左派、右派之分。

为了建立革命的统一战线，早在1923年6月中国共产党第三次全国代表大会上，就确定共产党员以个人名义可以加入国民党左派的原则方针。遵照这一方针，黄瑞生为便于开展工作，经党组织同意加入了国民党，不仅团结国民党左派共同革命，宣传孙中山的三民主义，也与国民党右派作针锋相对的斗争，揭露其歪曲三民主义，宣扬阶级调和，反对孙中山三大政策，背叛革命，同列强合作，以达到反革命的目的。

国民党右派曾杀害廖仲恺，许多劣迹昭然若揭，同学们比较容易认清其真面目，但与青年党的斗争就显得比较复杂。青年党被称为国家主义派，宣扬的观点在青年学生中很有煽动性，其核心是“国家至上”“民族至上”“民族优劣”，鼓吹在民族危亡之际，只有化以往的“文化主义”为“民族主义”，唤醒大多数民众参与救亡，国家才可能生存发展。毫无疑问，这样的观点能够赢得众多青年的认同，便于他们打着所谓维护“国家”“民族”利益的幌子，疯狂地进行反共、反苏活动。黄瑞生在与他们的斗争中，运用自己掌握的马克思主义理论观点，结合军阀当局、土豪劣绅欺压百姓的种种现实，揭露其“国家主义”主张的实质就是从根本上否认国家的阶级性质、社会各界在国家中的不同地位，维护统治者和统治者代表的集团利益。大小军阀为瓜分利益既相互混战又相互勾结，达官贵人、巨豪劣绅与社会底层民众天壤之别的生活状况，黄瑞生所列举的种种事实，每一件都是同学们耳闻目睹和亲身经历，说服力很强，使那些被国家主义派蒙蔽的学生绝大多数都看清了国家主义派的真相。

黄瑞生还负责西郊的农民运动。学校党组织以革新社的名义在西城罗道庄、公主坟、八里庄一带办了一所农民夜校，黄瑞生既是领导者，也承担教学任务。他向农民传授文化和农业知识，同时深入浅出地宣传中国革命的道理，唤醒农民的阶级觉悟，激发其反帝反封建的革命精神。通过他的教育培养，不少农民思想觉悟有了质的提升，其中的优秀者被吸收加入了共产党，西郊也由此建立起党的组织。

其实当时学校各项工作都有他的辛勤付出。虽然有些工作没有直接参与，但学校党总支（特别支部）书记、学生会主席詹乐平都要与他商量，请他拿主导意见。詹乐平的信任使黄瑞生撸起了袖子，更加勤奋地开展工作。

詹乐平如此放手，是组织上已经考虑让他去湖南开展革命斗争。他十分清楚北农大当时的斗争环境十分复杂，他要在离开学校前就让黄瑞生挑起重担，以适应今后的斗争。到了 3 月底，上级组织调詹乐平去湖南常德，离开学校那天，他与黄瑞生促膝长谈，相互勉励，从此相隔千里，在不同的战场上与敌斗争。离开学校后，他历任中共常德地区汉寿县委书记、汉寿县工农自卫军总指挥、中共益阳特委委员、中共湘西特委常务委员，1929 年 1 月 8 日不幸被捕。在狱中，他横眉冷对敌人的软硬兼施，坚贞不屈。几天后恼羞成怒的敌人将他押赴刑场，他一路高呼革命口号，敌人往他嘴里塞泥沙，捆上布带。他挣脱布带，吐掉泥沙，在生命的最后一刻仍高呼“中国共产党万岁”，牺牲时年仅 27 岁。为悼念詹乐平，曾任中央组织部副部长的帅孟奇，在中国共产党第七次代表大会上专门为詹乐平写了传略。而黄瑞生是 1929 年 6 月 19 日遭叛徒出卖被捕，在历经一年多的狱中斗争，度过 26 岁生日整整一个月后的 1930 年 9 月 21 日，在南京雨花台英勇就义。

两位北京农业大学的战友离别 3 年后，在相隔千里的不同地方——湘西北洞庭湖西滨和国民党统治心脏南京，为了党的事业，几乎同时被捕。一个 27 岁，一个 26 岁，两个充满活力的年龄相仿的年轻共产党人，在受尽折磨后都视死如归英勇就义。所不同的是，黄瑞生牺牲时没有詹乐平的轰轰烈烈，也没有人为他写传略，默默无闻，甚至连敌人最终都没弄清楚他的真实身份。

在詹乐平离开北京农业大学后，黄瑞生肩上的担子更重了。学校位于北京西郊罗道庄，距北京城有10余里路，黄瑞生因为工作经常要进城。当时交通不发达，除自行车、人力车、小毛驴，其他的只能靠步行。黄瑞生既无自行车，也没有钱雇人力车、小毛驴，进城几乎都是步行。往返30余里，步行要两三个小时。黄瑞生经常天没亮就离开学校，天黑了还没回来。有时上午在东城开会，下午又返回学校开会，来不及吃饭，就买两个红薯或者馒头、烧饼，路上边走边吃。

这一时期的黄瑞生极其辛劳，但从不叫苦叫累，共产党人的吃苦精神在他身上得到了充分体现。他不知疲倦的辛勤付出，使北京农业大学的党团、学生工作都取得了显著成绩，尤其党组织在学校有了大发展。年初时全校党团员只有十四五人，到了年底就发展到了四五十人。

在北京农业大学，不同党派、主义都在争夺阵地，与他们的斗争不是做到“累”字“苦”字就可以取得胜利的，还需要睿智，还需要斗争技巧、把握时机和非凡的组织领导能力。“三农”时的历练，使黄瑞生具备了这些能力，当年的一场欢迎会，便窥一斑而知全豹。

北农大校长原由教育总长章士钊兼任，当黄瑞生得知李石曾将要接任校长后，向上级党组织提出建议，得到党组织的支持同意后，精心组织了那场欢迎李石曾的大会。

李石曾与张静江、吴稚晖、蔡元培是国民党四大元老（亦称“四皓”），曾发起组织留法勤工俭学，留法生徐悲鸿的大型历史题材布面油画《田横五百士》，其中的田横形象即来自李石曾。自1919年以后，他资助2000多青年学子赴法勤工俭学，其中就有后来成为共产党人的周恩来、邓小平、蔡和森、王若飞、陈毅、聂荣臻、李维汉、李立三等革命家。他当时是国民党监察委员、国民党中央政治委员会委员，同时也是著名的教育家，曾任北京大学校长、北京研究院院长，还在北京创办了中法大学。李石曾虽是国民党元老，却是个无政府主义者，既不是国民党右派，也与国民党左派有所区别，是中国共产党争取联合的对象。

为了那场欢迎会，当年5月的中共中央机关报《向导》，封面全部套红，还印有列宁全身画像。那天，黄瑞生组织学生会骨干会前分发了《向导》，红彤彤的非常显眼。同学们拿到《向导》无不兴奋地翻看。李石曾在黄瑞生等人的引导下步入会场，霎时掌声雷动。李石曾望见全体学生都起立鼓掌，不由得有点激动，按捺不住频频点头，微笑着向学生们招手致意。他没想到会有这么多的学生参加欢迎会，更没想到掌声如此热烈。

难道自己真的如此受到北农大学生的爱戴？非也，他边招手边轻轻摇头。他的心里很清楚，当时最受学生欢迎的并不是他主张的无政府主义，那么这场欢迎会的组织者又是谁？谁又有如此大的号召力？

当李石曾在主席台坐下时，桌上那本红彤彤的《向导》映入眼帘，这时他才注意到台下的学生几乎人手一本《向导》。他明白了，北农大是共产党的天下。

这场欢迎会不仅对李石曾起到了应有的作用，扩大了党的影响，也向国民党右派、“国家主义”青年党展示了共产党在北农大的力量。国民党右派、青年党受到了震慑，不敢轻易公开与共产党作对。但也有极少数看到北农大共产党的力量如此强大，心里极度仇视，居然捣毁了北农大的学生会。

那是不久后的一个夜晚，有一个叫王宏章的“国家主义”青年党分子，带着他的一个追随者，手持铁锤，在昏暗的路灯下，鬼鬼祟祟地往学生会办公室走去。快到学生会办公室时，被黄瑞生迎面撞见。王宏章眼睛发红，死死盯着黄瑞生看。黄瑞生感到蹊跷，不由也注视着王宏章。那个王宏章的追随者见黄瑞生注视着他和王宏章，慌乱起来，一边把手上的铁锤往背后藏，一边不由自主地往王宏章身后躲。擦肩而过时，黄瑞生看到了那把铁锤。

黄瑞生经常饭后去学生会处理白天未完成的事情。那天拖得时间长了一点，没想到会在回宿舍的路上撞见王宏章。回到宿舍，他把这事说给了舍友，有同学说，王宏章这人很极端，不知今晚又干什么见不得人的勾当。同学的话提醒了黄瑞生。王宏章眼睛的那股仇恨，那个追随者的慌乱和手中的铁锤，让黄瑞生生疑，对宿舍里的同学说，今晚可能出事，大家跟我去一趟学生会。

几个人急匆匆地往学生会而去。

还没走到跟前，远远地又看见了王宏章和他的那个追随者。这两人本来是迎面走过来的，忽然站住掉转头，往另一个方向疾走。黄瑞生说了不好，快步走向学生会。学生会的门锁砸开了，里面一片狼藉。学生会被捣毁了，党的一些文件和进步刊物也不翼而飞。黄瑞生留下几人守护现场，领着大家出门追赶王宏章。

王宏章和他的追随者早已不见踪影，黄瑞生他们就直接去了王宏章宿舍。王宏章不在，同宿舍的人说吃过晚饭就没见到他。又去那个追随者的宿舍，人也没有回来。有的同学说，留下人守候，看他们还能一夜不归。

黄瑞生留下两人守候在暗处，叮嘱不要惊动，然后大声地斥责着王宏章离去。黄瑞生他们离开不久，王宏章就蹑手蹑脚地蹿回了宿舍。他没敢点灯，等了很长时间不见动静，这才露出了邪笑，倒头睡去。

就在王宏章做着美梦之时，他的那个追随者已经被黄瑞生从被窝揪起。

那个追随者跟着王宏章一直远远地躲在一个旮旯，望着黄瑞生领着不少学生堵他们宿舍的门，心里七上八下。王宏章给他打气，说怕他们什么？等人走后，悄悄回宿舍。他说黄瑞生跟我们照过面。王宏章说，照过面又怎么样，没逮个正着，无人证物证，岂奈我何？

躲在旮旯里的他俩，等黄瑞生他们走远后分手各自回宿舍。王宏章的那个追随者眼前老是有黄瑞生的影子，走到宿舍门口又折了回去。他手上的铁锤就像烫手的山竽，这不就是物证吗？他想着王宏章的话，心怀鬼胎，猫着腰蹿到学校的一条臭水沟边，四处张望一下，就把铁锤掷进了水沟。到这时他才暗自长吁了口气，直起腰，哼着小曲回宿舍。

他怎么也没想到，刚躺上床，蒙上被子准备大睡一场时，黄瑞生就出现在他的眼前。黄瑞生问他这么晚才回宿舍，干什么坏事去了？他不敢看黄瑞生那具有洞穿力的眼睛，嗫嚅着说，没干什么，我能干什么？

能干什么？你跟着王宏章今晚捣毁了学生会，学生会是北农大全体同学的学生会，我告诉你，我们已经向李校长作了报告，李校长说，这事就交给我们学生会处理，他坚决支持。

黄瑞生不是吓唬他，在蹲守他和王宏章的时候，已经派人找过李石曾了。

他一听说都报告给了李石曾，心里着慌，拼命抵赖，不停地说，这事跟我无关，这事跟我无关。

望着他无助的神态，黄瑞生轻蔑地说，无关？那你说说清楚，你那把铁锤丢哪去了？

他一听更慌了，藏在身后的那把铁锤看来还是被黄瑞生发现了，但他又努力使自己镇定下来。发现能怎么样？铁锤已经掷进了水沟，只要不承认，王宏章说了，岂奈我何？

什么铁锤？他干笑着说，我有铁锤吗？有没有你们可以搜吗。

黄瑞生冷笑说，不要再执迷不悟了，没有证据我们会找你？你不是主谋，我们这是给你台阶下，不要再跟着王宏章与全校师生为敌。

他还在抵抗，说你们没有证据，哪能嫁祸于人呢？

黄瑞生不再吱声，挥了下手，一个学生就从包里掏了那把铁锤。铁锤上还有泥巴和水迹，一看就是刚从沟里捞上来的。他蔫了，低下头，不得不承认晚上他与王宏章捣毁学生会的事情。

次日一早，王宏章以为一夜无事，但走出宿舍门就被几个学生揪住。学生把他押往会堂，一路上他都梗着脖子，高高地昂着头。走进会堂，他一眼就看见了黄瑞生，刚想责问，却瞥见他的那个追随者垂头丧气地站在台上一边，旁边还有两个学生看押。到这时他才明白，梗着的脖子霎时软了，昂着的头也耷拉下来了。

1926年的北京，风云变幻。

北京此时虽是孙中山联俄、联共、扶助农工的蜜月期，但冯玉祥军队只有不足4万兵力，北临张作霖入关，南有吴佩孚逼近，冯玉祥不得不采取张作霖的建议，联合皖系，让已经无军又无势的前国务总理段祺瑞重新出山，就任中华民国临时执政。1925年11月，奉系将领郭松龄在冯玉祥的支持下，在直隶滦州发动兵变，将所部改称东北国民军，回师关外，直逼沈阳。张作霖以牺牲南满、东蒙的权益换取了日本的出兵干涉，使郭松龄兵败被俘遭张作霖杀害。其后张作霖与直系将领吴佩孚弃嫌修好，又联合阎锡山、张宗昌等，合力对冯玉祥的国民军作战，使冯之“国民军”四面受敌。到了1926年2月初，当奉军舰艇在大沽口外出现时，冯军乃在大沽口海设防，并以俄制水雷封锁大沽口，并一度与故意穿过封锁线日舰炮战。日本人首先对冯军布雷，提出抗议。

冯军与奉军作战期间，两艘日本军舰护卫奉系军舰进入大沽口，并炮击国民军，守军死伤10余名。国民军开炮还击，将日本军舰逐出。3月16日，英、美、法、意、荷、比、西、日八大帝国主义国家，联合援引《辛丑和约》海口不得设防之条款，向北京政府外交部，提出44小时限期“最后通牒”。八国公使团向北京政府提出要拆除大沽口国防设施，否则以武力解决。同时各国派军舰云集大沽口，武力威胁北洋政府。

北洋政府外务部接到列强外交团的“最后通牒”后，经紧急磋商即于当日午夜答复，称“最后通牒”内容“超越《辛丑条约》之范围”，所以“不能认为适当”。因为按《辛丑条约》，只有大沽口至北京一线炮台应予以一律削平，却并没有相关条文对水道进行规定。 公使团对此未作答辩，但段祺瑞乃劝冯玉祥部停止布雷。

在北京召开的国共两党会议上，徐谦以国民党执行委员会代表的身份同李大钊领导的中共北方区委决定组织各学校和群众团体在天安门集会。 组织者随即率领群众去国务院，受到卫兵阻拦，相持了五六小时方才散去。 3 月 18 日上午，国民党北京执行部、北京市党部，中共北方区委、北京市委、北京总工会、学生联合会等团体，80 多所学校学生和民众，在天安门举行“反对八国最后通牒的国民大会”（号称十万人抗议大会）。 大会结束后，游行队伍由李大钊率领。 队伍游行到段祺瑞执政府门前广场，高呼口号请愿，遭到卫队军警枪杀，被击毙学生和市民达 47 人，伤 200 余人，酿成了震惊中外的“三一八”惨案。 死者中有为人们所熟知的北京女子师范大学学生刘和珍。 李大钊和陈乔年也在惨案中负伤。

惨案发生的那天，黄瑞生是北农大请愿队伍的领队之一。 此时的他，已不是“三农”时的普通进步青年了，也不是仅凭一腔热情组织开展斗争活动了。 他已经是党的基层组织的书记，如何斗争都是按照中共北方区委的指示精神组织开展，他的任务是动员组织北农大学生参加“反对八国通牒”的斗争活动。 那天他走在北农大队伍的最前面，与李大钊等共产党人、学生领袖、知名爱国人士一路高呼口号，率领学生、民众从天安门出发，经东长安街、东单牌楼、米市大街、东四牌楼，最后进入铁狮子胡同东口，当他们在段祺瑞执政府门前广场遭到卫队军警血腥镇压时，他不顾个人安危，镇定地指挥北农大学生撤退。 由于他的镇定自若，指挥有方，北农大除牺牲一名叫林孔唐的同学，受伤的很少，避免了更大的伤害。

下午回到学校，喘息未定就有消息传来，北京国务院通电说“三一八”惨案是中共和国民党右派鼓动所致，下令通缉徐谦、李大钊、李石曾、易培基、顾孟余 5 人。 鲁迅、朱家骅、蒋梦麟等几十人也上了黑名单。 得知这一消息，有的师生劝黄瑞生暂避锋芒。 黄瑞生说，越是这个时候越不能退缩。次日他便走出校门，到协和医院为本校牺牲的林孔唐料理后事，在学校组织召开隆重的追悼会，随后又冒着风险前去慰问遇害的刘和珍家属。

北京的斗争不是孤立的。惨案发生次日，中共中央发表《为段祺瑞屠杀人民告全国民众书》，号召“全国商人、学生、工人、农民、兵士，应急起联合起来，不分党派，一致奋斗，发动一个比五卅运动更伟大的运动，以雪最后通牒之耻”。全国舆论沸腾，纷纷谴责段祺瑞执政府。国务总理贾德耀引咎辞职。执政段祺瑞亦明令抚恤死者，医治伤者。

3月23日，北京各界人士、各社会团体、各学校齐聚北京大学大操场，为亡灵们举行“‘三一八’死难烈士追悼大会”。鲁迅题写挽联：“死了倒也罢了，活着又怎么做。”后又就此惨案连续写了七篇檄文。由刘半农作词、赵元任谱曲的哀歌唱遍京城。强大民意压力迫使段祺瑞执政府召集非常会议，通过了屠杀首犯“应听候国民处分”的决议。京师地方检察厅对惨案进行了调查取证并正式认定：“此次集会请愿宗旨尚属正当，又无不正侵害之行为，而卫队官兵遽行枪毙死伤多人，实有触犯刑律第311条之重大嫌疑。”4月9日，冯玉祥部将鹿钟麟率国民军以段祺瑞暗通奉系为罪名包围国务院，段祺瑞逃入东交民巷法国使馆，执政府倒台。

共产党领导的这场斗争取得了令人振奋的胜利，就在黄瑞生期待着更大的暴风骤雨，取得反帝、反封建、反军阀统治的更大胜利的时候，北京的形势骤然逆转。

早在1月，冯玉祥迫于直奉联军的进攻被迫通电下野，并于3月20日携随员由绥远的平地泉启程赴苏联考察。但直奉联军并未因此放弃消灭冯玉祥的国民军计划，4月7日，直奉联军从南北夹击华北，从山东、河南、直隶三处向国民军进攻。张宗昌、李景林的直鲁联军和阎锡山的晋军从东西夹击北京。国民军处境危急，于4月15日先后从天津、北京撤出，退守南口一线，奉联军进入北京城。

直军此时已分为吴佩孚和孙传芳两军。吴佩孚军的实力大不如从前，沦为奉军张作霖的附庸，只能控制湖南、湖北，而新崛起的孙传芳军占据了长江中下游地区。实力最强的奉军掌控了北京的北洋政府。奉军一进北京城，就立即查封《京报》馆和一批报刊，秘密处决进步办报人士，闯进北大、女师大、中俄大学等，大肆查禁书刊，到处搜捕共产党人和进步人士。

北京笼罩着白色恐怖，而南方革命形势发展迅速。党组织为保存党的力量，将黄瑞生等 18 名党员撤出北京，派往广州黄埔军校学习。

第九章 返回北京

党派黄瑞生去黄埔军校学习，是要把他培养成为党的军事干部。

黄埔军校是国共第一次合作后于1924年5月成立创办。辛亥革命后，以孙中山为代表的革命党人，为反对北洋军阀的反动统治进行了不屈不挠的斗争，但屡遭挫折和失败。1924年1月，孙中山在广州主持召开中国国民党第一次全国代表大会，确定联俄、联共、扶助农工三大政策，改组国民党，随后便在中国共产党的支持和帮助下在广州创办了黄埔军校。中共选派了重要干部到军校从事政治工作和军事工作。其中，周恩来任政治部主任、叶剑英任教授部副主任、聂荣臻任政治部秘书兼政治教官、孙炳文任总教官、恽代英任政治教官。不仅如此，当年10月开始建立黄埔教导团，随后就扩大为新型的革命军队，同时还在中共的领导下，组建了工团军和农民自卫军。

黄瑞生到黄埔军校前，广州革命政府以黄埔学生军和工农革命武装为主要力量，已于1925年举行了讨伐陈炯明的两次东征，在消灭陈炯明的同时还进行了南征，将邓本殷的八属联军也全部消灭。1926年1月，广东统一，组建国民革命军，成立广州国民政府。广东的革命形势影响了广西和湖南，广西的李宗仁和湖南的唐生智先后宣布拥护广州国民政府。中国共产党不仅在广东的革命斗争中发挥积极作用，还在全国各地领导开展反帝爱国民主运动和工农革命运动，这些都为不久的北伐战争准备了前提条件。在北京发生“三一八”惨案的前一个月——1926年2月，中国共产党在北京召开特别会议，提出了出兵北伐、推翻军阀统治的主张。

正是在这一背景下黄瑞生被党送到黄埔军校学习的。他一进入黄埔军校就强烈地感受到了高涨的革命形势。他一边期盼着早日北伐一边如饥似渴地学习军事。在他成为黄埔军校学生的两个月后，6月5日，广州国民政府通过了出师北伐案。这一消息在黄埔军校很快传开，学生们坐不住了，摩拳擦掌，纷纷要求加入北伐。学生的意愿与国共两党同向，如愿以偿地参加了学生军，随国民革命军北伐。7月1日，国民政府发表了《北伐宣言》，9日国民革命军誓师北伐。

正当黄瑞生准备随军进兵湖南时，党组织从革命的长远需要考虑，让他返京回到北农大继续开展工作。黄瑞生心里虽有点失望，但更清楚党组织如此安排是对他的信任。他知道此时北京革命形势十分严峻，尤其是北伐军的矛头直指北洋政府，在京的共产党人和革命志士所面临的是他们更加疯狂的镇压。

回到北京，黄瑞生住在中山公园附近。与北农大地下党接上头，听了情况介绍，他乔装打扮，俊俏的脸上多了一圈骆腮胡子，然后就去了一趟北农大。走进熟悉的校园，红红火火的革命氛围看不到了，墙壁上满眼张贴的布告。布告是张作霖的卫戍司令颁发的，把共产党人称之为赤匪，称凡通赤有证者不分首从一律处以死刑。

风一阵阵地刮过，把黄瑞生身上的长袍吹得鼓了起来，猎猎作响。他望着那卷了角的布告，耳边响起了北农大地下党的介绍：整个北京城党的工作都已处于地下，而且斗争形势越来越残酷，北洋军阀政府到处搜捕共产党人和进步人士，此时李大钊等党的领导人暂住苏联大使馆，很少在公开场合露面了。

他站在布告前默默沉思，偶尔有学生经过，没有把他认出来，但仍低声告诫说，同学，此处不可久留，说完就匆匆地走了。黄瑞生望着远去的那个学生，心情沉重，蹙眉又往学生会走去。

北农大学生自治会的牌子还挂着，里面却静悄悄的。黄瑞生听北农大特别支部的同志说，学生会还在党的掌握之中，但活动不正常，平时学生会里面很少有人。以前不敢露头的牛鬼蛇蝇都活跃起来，特别是“国家主义”青年党。那个王宏章经常指手画脚，好像是北洋政府的代言人，攻击南方的革命，攻击共产党的主张，污蔑中共是乱党。不仅如此，他还领着青年党以及那些追随者，像恶狗一样，鼻子到处嗅，只要认为与共产党有染，就向北洋政府告密，气焰十分嚣张。北农大的革命形势要重新回到几个月前，此气焰必须遏制住。

黄瑞生走到会堂时，想起了迎接校长李石曾的那场欢迎会和针对王宏章的批斗会。李石曾在“三一八”惨案时曾是北洋政府通缉的五人之一，现在斗争形势更为残酷，他的作用难以发挥。再批王宏章也没有可能。党组织的活动处于地下状态，突破口在哪呢？

有一天，学生会的地下党同志向他汇报，说王宏章好像嗅到了点什么，布置他的那些追随者，带着军警在校园里到处张贴北洋政府布告，还鬼鬼祟祟地四处打探，有几次突然闯进他们怀疑的学生宿舍，没找到要找的目标，才悻悻而去。

地下党的同志说，你幸好没住学校，王宏章怕就是针对你的。

黄瑞生问，他们闯进宿舍，同学们有没有和他们发生磨擦？

没有，最近他们很嚣张，同学们知道得罪了他们，很可能就被污蔑为乱党送进监狱。

北伐军现在连奏凯歌，看他们还能蹦跶几时。黄瑞生很气愤，转念一想又说，我们没必要跟他们搞磨擦，越是这个时候，我们越要注意保护进步学生，学会了保护自己，才能更好地打击敌人。

黄瑞生的这句话在北伐军打进北京城前，一直是北农大地下党与敌斗争的策略，让敌人无计可施。北洋政府在北农大的“代言人”王宏章，在带着军警进校园到处张贴布告后，在学生中没有引起任何动静。王宏章不甘心，让他的那些追随者不放过一点蛛丝马迹。他记得上一次军警在校园张贴布告，他们暗中监视发现，不少学生趁无人时撕布告、吐唾沫，跟踪确认告密后，那些学生都遭到军警的逮捕。但这一次，一连数日，北农大的学生一点变化没有，好像什么也没发生。王宏章在叹息的同时，又得意起来，看来共产党胆怯了，被共产党蛊惑的那些学生害怕了。

王宏章哪里知道，其实这只是他的错觉。忽然有一天，他手下的一个青年党分子向他报告，说这天晚上学生会要开会。学生会很长时间不见动静了，突然开会必有原因。王宏章欣喜若狂。他听手下的人说，在中山公园看到过一个人，很像黄瑞生。这一定就是黄瑞生憋不住了，蹿到北农大作祟。王宏章得到报告，赶紧把手下悉数召集来，让他们密切注意学生会的动向，伺机一网打尽。

吃过晚饭，天黑了下来，果然有七八个学生去了学生会。躲在暗处的王宏章，冷笑一声，让身边的一个青年党分子把整装待命的 20 多个手下带了过来。他从旮旯里走出，望着从学生会窗户里透出的灯光，挥了一下手，这群手下就在他的带领下扑向学生会。

门被踹开了，一群人蜂拥而入，正在开会的学生一点不感到突然，只是冷冷地望着他们。王宏章眯眼环视，没看到他想看到的黄瑞生，就咳了声，然后装腔作势地问，你们这几人，鬼鬼祟祟，是不是要搞什么阴谋诡计?

学生会主席说，请问王宏章，谁在鬼鬼祟祟? 我们正大光明地开着灯，你们从黑暗里冒出来突然闯入，这又叫什么呢?

王宏章被噎了下，但仍声嘶力竭地说，学生会很长时间没开会了，现在为什么突然开会?

学生会主席反唇相讥说，莫不成学生会开会还要青年党同意?

王宏章眼皮子直翻，理屈词穷，想了想才说，你们学生会受乱党蛊惑，一向与政府作对，今晚你们开的什么会，你敢光明正大?

学生会主席笑了，有什么不敢光明正大? 学生会很长时间没组织开展活动了，我们是全校同学选出来的，不能因为政府到处逮捕共产党和进步人士，就骇得什么都不做了，愧对全校同学。

哦——王宏章以为学生会主席无意中露出了马脚，嘴角撇过一丝冷笑说，无愧全校同学了? 那好嘛，不妨说来听听。

学生会主席不紧不慢地说，王同学不问，明天也要到各系科告诉大家，既然政府不允许学生过问政治，我们在强身健体、文化娱乐上组织同学开展活动，这总可以的吧?

强身健体、文化娱乐? 王宏章怔了怔，眼睛盯在桌上的那叠纸。

学生会主席笑笑，就拿起那叠纸说，我们学生会的计划都在这上面，你若有空帮着参谋参谋?

王宏章哼一声，伸手接过，没看几行脸就胀得通红，但他不甘心，继续往下看，还没看完，脸色就已经由红变白。 你们，你们，他有点张口结舌，猛地甩掉手上的那叠纸，转身就往外走。 那帮气势汹汹的手下，此时也像泄了气的皮球，头耷拉着退了出去。

同学们发出了憋了很久的笑声。 他们佩服黄瑞生的睿智，略施小计，就击退了嚣张的王宏章。 原来这些都是黄瑞生事先安排好了的，故意泄露学生会要在晚上开会。 当王宏章他们把注意力全放在学生会的时候，黄瑞生则领着另外一些学生，悄悄地来到军警张贴的那些布告跟前。

次日，王宏章正百思不得其解，有人慌慌张张向他报告，说墙上的布告都不见了踪影，取而代之的是《国民革命军北伐宣言》。

王宏章这时才意识到，他中了黄瑞生的调虎离山之计。

军警得到报告，加大了搜捕黄瑞生的行动。中山公园、北农大，凡是黄瑞生可能出现的地方都有军警出没，王宏章和他的手下也到处打探搜寻。黄瑞生的活动受到限制，还时时处于危险之中。

黄瑞生当然不会就此偃旗息鼓，他很快就想到了应对之策。当时常有同学去日本求学，他悄悄托其中一位好友带封信从日本东京寄出。好友见信封上的收信人是北农大的同学马彰，诧异地说，你不便去北农大找马彰，我去送一趟，何必要绕这么大一个弯子？再说，现在寄到北农大的信军警都要检查，你还在信封上写上自己的名字？

黄瑞生笑了笑说，军警不是到处搜捕我吗？

好友说是呀，话刚出口也笑了，收起了那封信。

半个月后，那封信就摆在了警察署长的桌上。署长撕开信封看信，大意是告诉马彰，过去没听马彰的告诫，置学业于不顾，年轻气盛，一心革命，现在他对政治已经厌倦，东渡日本求学，以便将来实业救国。

警察署长看完信，叫来王宏章，问北农大有无马彰其人。王宏章说确有其人。署长把信递给王宏章，说这是黄瑞生写给马彰的信，告诉马彰他已东渡日本求学，可不可信。

王宏章仔细看了笔迹说，不错，这是黄瑞生的字。

警察署长说，我们警察署为搜捕黄瑞生，浪费了很多人力，共产党不是他一个，从今天开始，撤销搜捕黄瑞生的警力。

王宏章眼珠子转了转，不甘心地说，署长，黄瑞生这人诡计多端，会不会其中有诈？

警察署长不耐烦地说，你也不看看现在什么局势，蒋介石、汪精卫都在清党，就算我们的张大帅打不过北伐军，共产党也逃不脱蒋汪之手，黄瑞生再诡计多端，这点未必看不出来，此时东渡日本求学，也在情理之中。

王宏章嘴巴张了张，还想做些解释。

警察署长摆手说，往后没有确凿证据，你不要再跟我提黄瑞生的事情。

这么长时间没有搜捕到黄瑞生，警察署长也心有不甘，但对于黄瑞生东渡日本却是深信不疑的。不过，他所言张大帅打不过北伐军还真的一语成谶。北伐战争进入1928年，军阀张宗昌亡走大连、孙传芳宣布下野。6月4日当夜，张作霖撤离北京，退出三海关。他的专列在沈阳附近的皇姑屯被炸，身负重伤不治身亡。12月29日，张学良通电东北易帜，效忠蒋介石的南京中央政府，北伐战争就此结束。

这些都是后话。就在张作霖撤出北京不久的一天，王宏章得到报告，黄瑞生在公开场合出现了。

这个令人头痛的黄瑞生，从日本回来了？还是压根就没离开过北京？

北伐战争还在继续，胜利的消息仍然一个接着一个，但黄瑞生再也兴奋不起来了。

自从1926年7月9日国民革命军誓师北伐始，北代军捷报频传，在攻占吴佩孚控制的平江、岳阳后，于8月26日以6个团的兵力对湖北泗桥发起攻击。27日，叶挺独立团占领了汀泗桥。29日，又取得贺胜桥大捷。31日，北伐军集结武昌城下，9月初向武汉三镇发起攻势。9月6日、7日分别占领汉阳、汉口。10日，占领武昌。吴佩孚率残部逃往河南信阳。北伐军在基本消灭了吴佩孚的部队后，从两湖地区挥师东进江西，追击孙传芳。从9月19日到11月2日，南昌几易其手，北伐军终于克九江、占南昌，孙传芳大败，精锐尽失，溃逃而去。此时福建、浙江等省的军阀纷纷倒向北伐军，北伐军占领河南后，又得到冯玉祥、阎锡山的加入。

北伐军连连取得大捷，却也是北洋军阀镇压共产党人和革命志士最疯狂的时候。腥风血雨的1926年很快过去，摇摇欲坠的北洋政府还在做垂死挣扎。1927年4月6日，北京发生了历史上一个重要的事件，控制着北洋政府的军阀张作霖，派军警突袭搜查苏联大使馆，李大钊全家同时在苏联大使馆被捕。李大钊不仅是共产党领导人，也是北京大学著名教授，各方都有人试图营救。在张作霖面临很大压力的时候，大多部将都建议他处决李大钊等人，让他略感诧异的是，北伐军总司令蒋介石竟然也发密电给他，建议“速行处决，以免后患。”4月28日，李大钊等35人被以“和苏俄里通外国”为罪名处决。李大钊时年38岁。

其实，蒋介石早在1926年11月9日在南昌成立总司令部时，就已决心实行清党反共，并开始做积极的准备。为了进行反共策划，他首先从广州招来了戴季陶、吴铁城等一大批国民党右派分子。12月31日，被蒋介石称为“良师”的张静江和陈果夫等人，随同国民政府和国民党中央党部来到南昌。张静江是个跛子，国民党中央二届二中全会后，出任中央常务委员会主席，他把主席位子让给蒋介石，但北伐期间由他代理。他伙同组织部长陈果夫，强行解散国民党左派领导的广州市党部，并向各地安插亲信。同时对广东的工农运动大肆镇压，残杀农会干部，派流氓烧毁省港罢工委员会。1927年1月20日到25日，蒋介石等人冒雪登上庐山，包下了一座仙岩旅馆。密谈数日，定下了四项原则：第一，必须明示“离俄清党”政策，以安定人心；第二，北伐军要“底定东南，联系绅商”；第三，在外交上要“弃俄联日”；第四，在军事上要联合阎锡山和冯玉祥。

3月初，蒋介石派张静江去上海，加强与江浙资产阶级的联系。这时，江浙资产阶级在经济上给蒋介石提供了一笔又一笔巨款。随着北伐战争的顺利发展，3月中旬，蒋介石特派代表王柏龄(第一军副军长)、杨虎(总司令部的特务处长)和陈群(东路军前敌总指挥部政治部主任)先后到上海，带着秘密使命化装潜入了黄公馆，先与黄金荣会晤，然后由黄召集张啸林和杜月笙来密商合作反共清党事宜，并负责统一指挥。黄金荣得知北伐军总司令蒋介石竟是他过去的徒弟蒋志清，颇为得意，不久他就与杜月笙等人向蒋介石表示，愿意承担反共的具体工作，“全力协助，义无反顾”，“即使赴汤蹈火，我们也乐于从命”，带领一批“中华共进会”匪徒扑向上海总工会，与工人纠察队发生摩擦。

就在蒋介石准备发动反革命政变前，北京的张作霖逮捕了李大钊等人，这无疑令蒋介石欣喜若狂。战争双方在战场上进行着殊死的战斗，却在对付共产党和革命志士的态度上高度一致。蒋介石在李大钊等人被捕后的第 6 天，即 4 月 12 日发动了“四一二”反革命政变，清党反共，北伐战争的胜利果实被窃取。

那天凌晨，停泊在上海高昌庙的军舰上空升起了信号，早已准备好的全副武装的青红帮、特务有数百人，身着蓝色短裤，臂缠白布黑“工”字袖标，从法租界乘多辆汽车分散四出，袭击工人纠察队。这是蒋介石蓄意制造的借口，国民革命军第二十六军随即以调解“工人内讧”为名，强行收缴枪械。上海 2700 多名武装工人纠察队被解除武装。工人纠察队仓促应战，牺牲 120 余人，受伤 180 余人。当天上午，上海总工会会所和各区工人纠察队驻所均被占领。

在租界和华界内，外国军警搜捕共产党员和工人 1000 余人，交给蒋介石的军警。4 月 13 日上午，上海烟厂、电车厂、丝厂和市政、邮务、海员及各业工人举行罢工，参加罢工的工人达 20 万人。上海总工会在闸北青云路广场召开有 10 万人参加的群众大会。会后，群众冒雨游行，赴宝山路第二十六军第二师司令部请愿，要求释放被捕工人，交还纠察队枪械。游行队伍长达 1 公里，行至宝山路三德里附近时，埋伏在里弄内的第二师士兵突然奔出，向群众开枪扫射，当场打死 100 多人，伤者不知其数。宝山路上一时血流成河。当天下午，反动军队占领上海总工会和工人纠察队总指挥处。接着，查封或解散革命组织和进步团体，进行疯狂的搜捕和屠杀。在事变后的 3 天中，上海共产党员和革命群众被杀者 300 多人，被捕者 500 多人，失踪者

5000 多人，优秀共产党员汪寿华、陈延年、赵世炎等光荣牺牲。4 月 15 日，广州 2000 多名共产党员和革命群众被捕，封闭工会和团体 200 多个，优秀共产党员萧楚女、熊雄、李启汉等被害。江苏、浙江、安徽、福建、广西等省也以“清党”名义，对共产党员和革命群众进行大屠杀。蒋介石和他的追随者完全从革命统一战线中分裂出去。

1927 年 4 月 18 日，蒋介石在南京建立代表大地主大资产阶级利益的国民政府。第一次国内革命战争在结束的节点上，形成了短暂的“三国”时期。南京的蒋介石、武汉的汪精卫、北京的张作霖，3 个政权互相对峙。蒋介石虽然要推翻张作霖的北洋政府，但反共立场一致。而武汉的汪精卫，在蒋介石发动“四一二”反革命政变后，以国民党中央的名义发出命令，宣布开除蒋介石的国民党党籍，免去其本兼各职，“着全体将士及革命民众团体”，将蒋介石“拿解中央，按反革命罪条例惩治”。但到了 7 月，汪精卫就通过“取缔共产议案”，罢黜鲍罗廷及其他苏联顾问，8 月开始清党，并于 19 日宣布武汉政府迁都南京。9 月初，汪精卫亲抵南京，宁汉合流，国共合作全面破裂。

时间还不到一年，那个统帅国民革命军北伐的蒋总司令，那个代表国民党中央、国民政府常务委员会主席兼军事委员会主席的汪精卫，就双双撕去了伪装，一致调转枪口大肆屠杀共产党人。

令人心痛呀!

黄瑞生想起了叶挺的独立团。这支主要由共产党员组成的北伐“铁军”战功卓著，在攻打汀泗桥战役中，面对吴佩孚亲自督战、下令守军“退却者杀无赦”，“铁军”英勇顽强，汀泗桥几度易手后终于攻占，为国民革命军铺平北伐之路。黄瑞生想起了黄埔一期的学兄曹渊。这位与他年龄相仿的 24 岁的共产党员，北伐前夜还互相勉励多打胜仗多立战功。虽然后来未能与之并肩战斗，但他一直关注着北伐中的曹渊。当得知在进攻汀泗桥、贺胜桥等战役中，曹渊身先士卒，英勇机智，受到聂荣臻、叶挺等人的表扬和军部传令嘉奖时，他心里为之骄傲并大声喝彩，但谁曾想到相隔数月，作为叶挺独立团第一营的营长，曹渊率敢死队攻打武昌城时英勇牺牲。

北伐中共产党人攻城略地、屡立战功；北伐中共产党人冲锋陷阵、流血牺牲。但为什么北伐即将成功之时，蒋介石、汪精卫却先后撕破脸皮、与共产党反目为仇？共产党人的鲜血白流了？黄瑞生与许多共产党人一样，也在为此苦苦地思索。

这一年的 8 月 1 日，周恩来、贺龙、叶挺、刘伯承等发动了南昌起义。消息传来，黄瑞生的心里豁然开朗：没有自己的军队，不走武装夺取政权之路，党的理想就无法实现。明白了这个道理，他兴奋得彻夜难眠，主动向上级党组织请缨，他要去搞武装暴动。而此时党组织也正考虑调整他的工作岗位，但不是去搞武装暴动。“四一二”反革命政变后，各地党组织遭到严重破坏，党的地下斗争处于最困难时期，党组织考虑到他地下工作经验丰富，决定发挥他的长处，调上海省委机关工作。

党的需要就是他的需要，黄瑞生愉快地服从了党组织的决定。他知道，党组织此时调他去上海省委机关工作，无疑是对他的充分信任。

第十章 历史选择了他

黄瑞生在上海省委机关工作不久，就受委派潜入敌人的心脏——南京。

自从1927年“四一二”反革命政变后，许多党的优秀儿女惨遭敌人屠杀，各地的中共党组织大多遭到了严重破坏。南京作为蒋介石国民政府的首都，更是一片白色恐怖，在短短的一年多时间里，党组织就连续遭到3次毁灭性的破坏，几近瘫痪。

南京党组织遭到的第一次大破坏，是“四一二”反革命政变的前奏。

北伐军攻克南京的第3天——1927年3月26日，蒋介石任命心腹温建刚出任南京市警察厅长。这个反共急先锋，深知主子的意图，很快就制造了“四一〇”事件。4月10日，温建刚得知南京的中共党组织晚上11时在大纱帽巷10号举行会议，立即派警察厅侦缉队队长赵虎臣带领50多名便衣，将会场包围。中共参会人员有：国民党江苏省党部常务委员、中共党团书记侯绍裘、中共南京地委书记谢文锦，以及各革命团体的共产党负责干部刘少猷、刘重民、张应春、陈君起、文化震、许金元、梁水、钟天樾、程庸之。当时除刘少猷翻墙逃脱，其他10名同志均被捕。三四天后，他们陆续被敌人用电刀、尖刀等凶器秘密地残酷杀害，并抛尸秦淮河中。南京地区党组织遭破坏后，1927年4月中旬，重建党组织，刘少猷任南京地委书记，一个月后，上级党组织调他到上海工作，派黄国材来宁继任。仅仅两个月后，7月里的一天，国民党军警搜查设在鼓楼兴皋旅社内的南京团地委机关时，黄国材等领导人不幸被捕，中共南京党组织再次遭到严重破坏。

经过几个月的努力，南京党的基层组织得到恢复。1928年初，中共江苏省委（兼上海市委）决定成立中共南京市委，孙津川任市委书记。江苏省委指示南京市委，要尽快由恢复组织转入发动斗争。为了组织对敌斗争活动，4月底，南京市委在浦镇机厂后山洼召开了近百人的党团会议，布置各个支部成立行动委员会，但由于叛徒的出卖，党在浦口的接头机关被破坏，一批党团员被捕，许多支部活动陷于瘫痪状态。其中参加台城秘密集会的共青团省委巡视员史砚芬、团市委委员王汇百等人被捕。5月中旬，南京市委召开第二次代表大会，研究如何在困难条件下继续进行斗争等问题。这次会议很成功，只用了一个月，全市就成立了10个党支部，共有党员240名。但风云突变，5月份被捕的王汇百叛变。由于此人的告密，7月初，市委书记孙津川、团市委书记贺瑞林和在铁道车队做军事工作的姚佐堂不幸被捕。敌人在他们身上没有得到什么便宜，不久和之前被捕的史砚芬等37名党员先后在雨花台就义。中共南京党组织遭受第3次大破坏后陷入瘫痪。

南京的党组织屡遭破坏，急需得力干部去恢复。

历史选择了黄瑞生。1928年9月，他受命化名黄子仁秘密由沪抵宁，负责南京地下党组织的恢复工作。

此时的南京，警笛不断，时常有人被捕，腥风血雨，令人不寒而栗。蒋介石在成立南京国民政府后的第一时间，就发出《秘字第一号命令》，通缉共产党首要，军警、暗探遍布南京全城，地下党随时都有被捕牺牲的危险。黄瑞生潜入南京，不仅化名黄子仁，形象也经常变化。昨天还白面小生，今天就一脸络腮胡子，唇上有时又蓄两撇小胡子，就连眉毛也时淡时浓。他就是这么形象多变，艰难而又积极有效地开展恢复、成立基层组织工作。

通过两个月的努力，初步恢复了那些被破坏的基层党组织，还新成立了士兵支部、学生支部和沪宁路工人3个支部。有了这个基础，江苏省委决定重建南京市委。11月初，省委委员、上海沪中区委书记游无魂抵宁任南京市委书记，黄瑞生任市委秘书兼宣传委员，另一个是负责军事的委员柳季康。到了12月，省委再次改组南京市委，派黄埔四期毕业的王昭平和在苏联入党的缪庄林来南京。王昭平接任柳季康任军事委员、缪庄林任组织委员。

为便于隐蔽、接触不同的群体，黄瑞生乔装成客商，以洽谈生意为名，到工人、农民、学生、自由职业者以及中央军官学校中摸情况，从中寻找关系、建立感情，对他们中的优秀分子加以培养。次年初，在他和市委其他同志的一起努力下，先后恢复和建立了20个支部和地下党城南、下关、清镇3个区委，党员数达到169名。

党中央在“六大”会议后，指示江苏省委：江苏不是总暴动时期，而是准备暴动时期。黄瑞生在恢复、建立党组织工作中，特别注重中央陆军军官学校的党组织建设。中央陆军军官学校前身是黄埔军校，是国共合作建立的军事政治学校。当初在广州黄埔成立时（1927年，黄埔军校迁校至武汉，宁汉合流后，又迁校至南京），中共在黄埔军校设有支部、特别支部和党团领导小组，由中共广东区委领导。在军校的中共组织不公开，除少数领导干部公开中共党员的身份外，大多数中共党员的身份是秘密的。在黄埔军校工作学习的党员根据中共中央的决定，都以个人身份加入了国民党。黄埔军校和国民革命军中各级党代表多数由共产党员和国民党左派担任。国共两党分裂后，从1927年下半年到1928年9月，由于白色恐怖，这段时间里黄埔军校没有中共的党组织和党组织开展的活动。

党中央指示江苏的“准备暴动时期”，黄瑞生认为其重点在“准备”二字。他曾在广州黄埔军校学习，深知这所学校是培养军事人才的地方，这已经在北伐战争中被证明。要为暴动做好准备，尽快在中央陆军军官学校恢复党组织十分重要。

而实际上，当时军校里已有不少中共党员。1928年3月第六期交通兵大队经考试录取的新生中，就有来自各地的中共党员，其中来自杭州二十六军军官团的就有甘棠(甘让)、楼广文、阮大郎、张渠、罗积穗、曹振铎等多名党员。第一、二、三队的无线电、有线电、汽车和铁道等科也有李奈西、梁绍之、立登明、简立、盛志远、许权、李世昌等中共党员，他们来自广州、湖南、湖北、浙江各地投考的学生。进入陆军军官学校的党员相互之间原来并非都相识，在甘棠和李奈西等人暗中串连下取得了联系。

黄瑞生深入军校摸情况时，得知他们已暗中组织起来，办了“读书会”，并在南京军事委员会交通技术学校被撤并时，曾发动拥李(李范一校长)反何(何应钦)等学生运动。黄瑞生为之兴奋，认为这为地下党组织的建立和发展准备了条件。恰在此后不久，1928年秋，杭州二十六军的军官团特科并入中央陆军军官军校六期。其中有11名共产党员：朱奇、王校正、孔繁衍、祝树柏、曹聚义(后改名曹艺)、胡让梨、叶修、蔡锡昌、唐时杰、吕农三、郑光祖。这些共产党员大部分编列在炮兵和工兵两个大队，蔡锡昌进了航空班，郑光祖进了宪警班，吕农三担任了军校教授部速记员。当时炮兵大队在炮标，工兵大队则迁入交通兵大队的驻所三十四标。

中央陆军军官学校已有30多位经过“清党”大风浪洗炼的共产党员，正式成立党组织已经到了“水到渠成”的地步。经党中央批准，9月下旬在南京明故宫大操场召开了一个秘密的干部会议，成立了军校党总支，下设三十四标工兵支部和交通、通讯支部。稍后，随着步兵第三、四大队和军官研究班的编成，又增设了小营和国府后街两个支部。军校又有了完整的地下党组织，因其特殊性，军校总支最初由党中央直接领导，次年初才改由南京市委就近领导。

军校总支成立后，根据军校的特殊条件，开展了卓有成效的活动。它平时活动的范围，不出建制的中队。每次活动的时间，利用星期六晚上和星期日白天。活动的内容，以加强学习和发展组织为主，听取上级党组织的报告，传阅秘密文件，推动读书会学习马列主义理论和进步书刊，还编印地下刊物《秋风》，宣扬革命，激励黄埔同学的革命情绪，使一度压抑沉闷的军校内呈现出生机勃勃的景象。到了1929年4月，军校成立党组织仅8个月，地下党员就发展到108人。

这与梁山聚义108条好汉人数巧合，且军校108名党员的领头人、党总支书记是曹聚义。曹聚义与梁山首领晁盖的姓音同，名字还叫“聚义”，这莫非上苍安排好了的？有次黄瑞生笑着把这个巧合说给了市委书记游无魂。游无魂说对呀，我党108名军事人才堪比它梁山108条好汉，他们在梁山聚义，我们却钻进了敌人的军校里。游无魂后来见到曹聚义，高兴地拍着他的肩膀说，曹聚义呀曹聚义，你这一聚义，正好是一百单八将，你这个大首领可不能像晁盖早早地撒手不管。

游无魂这是戏言。

不过，曹聚义却当作是对他的提醒、敲他的警钟。在复杂多变的斗争环境里，他一直为党为国忠贞不渝地工作。后来他率部赴印缅参加对日作战，因后勤保障得力，被陈纳德亲自授予少将军衔；他还亲赴金华国民党部队做起义工作，为解放战争贡献力量。而鼓励他的游无魂，却于1931年1月在武汉被捕背叛了党。其时游无魂担任武汉市委书记，由于他的叛变，发生了一件中共党史上差点让党遭到灭顶之灾的事件。就在他被捕叛变不久的1931年3月，中央特科行动科负责人顾顺章完成护送张国焘、陈昌浩前往鄂豫皖苏区任务后，并未立即回上海复命，而在汉口停留下来，并以艺名“化广奇”在新市场游艺场表演魔术。4月24日，顾顺章被曾是自己下属的游无魂认出，遭到情报负责人蔡孟坚逮捕。顾顺章为叛变升官发财增加筹码，执意要面见蒋介石当面说明情况。蔡孟不得已电告徐恩曾。其时恰逢周末，徐恩曾正在上海度假，接连几封密电让中共潜伏人员钱壮飞感到武汉肯定出了大事，随即将密电译出，大吃一惊。回家后他立即让其女婿赶赴上海通知李克农，次日又亲赴上海联络陈赓告知此事，这才避免了几乎让中共领导被一网打尽的空前浩劫。

这些都是后话。当时的黄瑞生为军校有如此力量的党组织而欢欣鼓舞。在他看来，108就是一个吉利数字，预示着党领导的人民军队必将由小变大、由弱变强，最终战胜不可一世的蒋介石的反动军队。而从他的家乡皖西走出来的开国将军正好也是108位。108条好汉，108名地下党员，108位开国将军。

军校成立了地下党组织后，晓庄师范党组织也以“防匪自卫”为名，组织附近农民成立联村自卫团，通过陶行知和冯玉祥的关系，配备了几十支枪。为进一步壮大党的力量，4月5日江苏省委指示南京市委，5月1日前，南京地下党人数要发展到202人。4月8日，省委又决定征调南京工人去苏区红军工作，晓庄师范不少进步学生在知此消息后积极报名，要求到苏区参加红军。

南京地下党工作进展得非常顺利，但在敌人的心脏里，隐蔽战绩的对敌斗争异常残酷。就在南京市委取得显著成绩之时，1929年4月，市委组织委员缪庄林不幸被捕。当时市委书记游无魂正在上海参加省委会议，市委领导只有黄瑞生和王昭平。得到缪庄林被捕消息后，两人紧急磋商，立即一起动身去上海向省委汇报。根据南京地下党的情况和工作需要，省委决定游无魂不再回南京，由黄瑞生继任南京市委书记，王昭平继续任军事委员。

从上海回到南京，王昭平有点闷闷不乐。他黄埔军校四期毕业，参加革命早于黄瑞生，又是黄瑞生的学兄。现在开始走武装斗争道路，虽然南京暴动还不成熟，但省委也一再指示南京市委当前主要工作还是“准备暴动时期”，他认为，在南京市委他这个黄埔四期的军事委员地位仅次于市委书记游无魂。但省委却把南京市委交给了负责宣传的黄瑞生，他就有点想不通了。回到南京，他很少与黄瑞生见面，总说忙于暴动准备。黄瑞生知道他常去军校，便也没作多想，把心思全部用到市委的工作中。

为防止南京市委再次遭到大破坏，黄瑞生由化名黄子仁改名张姓，在杨将军巷一号租赁寡妇婆媳刘吴氏、刘张氏小屋一间，作为南京市委掩护机关，秘密开展工作。

杨将军巷一号位于太平北路中段碑亭巷西侧。东起碑亭巷，西至网巾市，清代杨凌将军居此得名。杨将军巷也与总统府相邻，巷内还有1928年11月1日挂牌成立的国民政府铁道部，时任部长孙科。还有1928年11月11日成立的兵工署，国民政府统理执掌全国兵工技术、军火制造、军械行政等一切有关兵工建设事宜，时任署长张群。市委机关选择在杨将军巷的一处不起眼的民居内，敌人无论如何也不会想到。

但谁又能料到，天有不测风云，这处市委机关所在地只存在了一个多月。

在这一个多月中，黄瑞生自身是非常谨慎的，他接受前三次南京党组织遭到重大破坏的教训，除了改名张姓，仍然保持形象多变。在这一个多月里，黄瑞生除了忙于市委的工作，还注意发现培养进步学生。有一个青年学生在北正街读书，也住杨将军一号。黄瑞生与他闲聊得知，这个学生是长沙人，叫余汛宇。余汛宇对蒋介石定都南京后，到处“清党”很不满，说共产党北伐立下大功，蒋介石却见到共产党就抓，弄得人心惶惶，书读得都不安心。黄瑞生问他，读书为了什么。他说读书救国。黄瑞生夸他有志气，但又问他，读书可以救国吗？他犹豫着摇头，说现在什么也斗不过枪杆子。黄瑞生就向他宣传介绍共产党的主张，告诉他只有共产党才能救中国的道理。

余汛宇很快被黄瑞生发展为党员。余汛宇住在杨将军一号，黄瑞生把市委秘密机关的一些日常工作就交给了他。6月的一天，王昭平来到杨将军一号找黄瑞生，余汛宇说黄瑞生到陆军学校去了。王昭平问什么时候回来。余汛宇说，他来去没有固定时间，也不住在杨将军一号，什么时候回来说不清楚。

王昭平望着余汛宇，确认没有骗他后，才悻悻地走了。

此时王昭平已经背叛了党，成为可耻的叛徒，但刚成为地下党员的余汛宇，对作为市委领导的王昭平一点也没怀疑。

王昭平的叛变，党组织还没有察觉到。王昭平不是遭到敌人逮捕才背叛了党，而是主动自首告密。他的黄埔同期同队同学侯志明在军校政训处任科长，本来他是想把这个同学发展成为地下党员的，军校地下党告诉他，此人效忠国民党蒋介石，不宜作为发展对象培养，他这才放弃了跟侯志明的接触联系。但自从组织上让黄瑞生担任了市委书记，他就变得抑郁起来，对党也渐渐地产生了怨恨，最后竟主动去找他的黄埔同学侯志明自首告密。

由于王昭平的叛变，南京市委机关、军校等多个党组织被敌人掌握，为了一网打尽，尤其是为了抓捕市委书记黄瑞生，敌人没有马上采取搜捕行动，而是派出大批便衣暗探蹲守监视。黄瑞生在一点防备没有的情况下，于6月18日这一天，独自乔装前往军校开展工作。

那天他的脸上架了一副眼镜，且一脸大胡子，加上他的机警，直到离开军校也没被监视的便衣发现。天已黑下来了，他摘去眼镜，撤去大胡子，边走边想着曹聚义的话。曹聚义说，好些日子没看到王昭平了，是不是有其他任务？

黄瑞生有点纳闷，他也有不少日子没见王昭平的面。自从王昭平担任市委军事委员，黄瑞生去军校的次数就少了。关于军校的情况，也是从游无魂处得知。现在他继任市委书记，王昭平还没有跟他汇报过一次工作。前些日子他忙于跑基层支部，没顾上联系王昭平，现在想联系又联系不上，这才自己去了一趟军校。从曹聚义等同志的介绍中，他了解到军校地下工作卓有成效。军校党组织虽然是地下活动，却是黄埔历史上工作开展最好的时期，很多学生表示学成去苏区参加红军，与国民党在战场上真刀真枪地干。黄瑞生高兴地对曹聚义他们说，苏区红军需要军事人才，但也要做好同学们的思想工作，如果需要到敌人部队做地下工作，也要听从组织安排。曹聚义说，同学们有这个思想准备，坚决服从组织安排。

想到高兴处，曹瑞生就把这些日子没见到王昭平的事情丢在了一边。他在昏黄的灯光下走到中央大学附近，忽然听到有人喊他：黄瑞卿，黄瑞卿。

这是黄瑞生在北农大时的名字。喊他的人与他擦肩而过，黄瑞生没有回头，继续前行。在南京，他曾经的名字叫黄子仁，现在叫张姓，这会是谁呢？

喊他的人几步追了上来，黄瑞卿，果然是你！

黄瑞生一看，原来是北农大同学王襄林。

王襄林很是兴奋，说能在南京的大街上遇见老同学，真是今世有缘。他问黄瑞生，北京光复后你就不见了，跑哪去了？黄瑞生打量着王襄林说，瞎跑，也没找到合适的事情做。王襄林说，我记得你在北农大的时候很关心政治，现在国家统一了，该消停下来找找适合的事情做了。黄瑞生说，是，是，这不正找着的吗。王襄林说，我有个朋友在军校训练处，他常找我喝茶吃酒，不如我介绍你跟他认识，也好有个照应。

军校训练处还没有地下党员，这一说触及了黄瑞生的兴奋点，不禁问王襄林这个朋友叫什么名字。王襄林说，他叫任国光，在训练处做科长。黄瑞生脑子里迅速地搜索，此人比较陌生，是一个空白，能否通过王襄林接触一下，可能的话作为发展对象加以培养。

王襄林看黄瑞生想着什么，以为有这个意思了，就说他住在明星旅社，地方不远，让黄瑞生今晚不如跟他住一起，好好叙一叙旧。王襄林的邀请正中黄瑞生下怀，说，也好，我们好好叙叙。

两人去了明星旅社。

王襄林住19号客房，进屋刚坐下来聊了几句，就有人敲门。王襄林说一准是他。把门打开，王襄林笑着向黄瑞生介绍，我说得没错吧，军校训练处任国光科长。

任国光打量黄瑞生。王襄林说，这是我北京的老同学，叫——黄瑞生马上接过话，自我介绍说，任科长你好，我叫黄子仁，刚到的南京，也没找到合适的事情做。

王襄林心里嘀咕，怎么叫黄子仁呢?

黄瑞生看出了他的诧异，笑着打岔说，老同学，还不请你朋友坐下聊?

对，对，任科长快请坐。

王襄林很热情，高兴地告诉任国光，说是与老同学有缘，北京一别几年今天居然在街上碰见。任国光嘴里说是呀是呀，真是有缘呀，屁股却像坐在火盆上，不一会儿就站起来说，襄林，我还有点事，你们老同学难得碰上，你陪老同学，我先走了。

黄瑞生望着任国光离去，对王襄林说，你这个朋友好像就是来串个门的，什么事也没说就走了。王襄林眼睛眨巴了一下，你不说我还不觉得，他今天好像有点心不在焉。黄瑞生就把话题引向任国光，说他心里有事，是不是当着我的面不好说?王襄林说，能有什么事，不过他总是劝我入他们的国民党，还说帮我在他们那党里谋一份差事。国民党与共产党现在反目为仇，我不想卷入党派之争，可能我态度不明朗，他总是有事没事地就来，这次他大概又为这事吧。

听这话，黄瑞生心里凉了下来。

任国光就是一个与共产党为敌的国民党右派。虽然有了这样的判断，黄瑞生还是没想到危险已经向他逼近。

第十一章 “十八罗汉”大案

王襄林说得没错，任国光找他就是想拉他加入国民党，但看到王襄林的老同学，不禁就想起内部通报的中共要犯。不仅长得像，还与王襄林是同学，也就是说，眼前的这个黄子仁曾是北农大学生，这与通报上说的正好吻合。想到这些，任国光当然坐不住了。

离开明星旅社，他就往最近的南京警察厅东北两区署急匆匆地奔去。

国民党南京市警察厅很快就得到东北两区署的电话报告。敌人欣喜若狂，他们之所以迟迟没有动手，就是怕惊动黄瑞生，现在不费吹灰之力就找到了黄瑞生，该是收网的时候了。为了不出意外，敌人下令先找王襄林再次确认，然后再行逮捕。

此时在明星旅社19号客房里，黄瑞生与王襄林促膝交谈，回忆着北农大时的同学和曾经发生的故事。也许是职业习惯，此时的黄瑞生虽然不知敌人正紧锣密鼓地布置抓捕行动，但也有意回避敏感话题，还笑着对王襄林说，到底一年一个样，那时我们总会冲动。王襄林说，是呀，我还记得你把那个王宏章整得不轻。

快到10点时又有人敲门。王襄林嘀咕，谁呀，这时候。

门打开，来人竟又是任国光。

任国光瞥一眼黄瑞生，说外地来了几个朋友，出去坐一坐。王襄林有点为难，被任国光拽出门外。王襄林回过头冲屋里的黄瑞生不好意思地说，你先睡，过一刻我就回。

黄瑞生不会想到，这是敌人让任国光把王襄林带出去再次确认黄瑞生身份。时间一分一分地过去，11点过去了，王襄林还没回。黄瑞生次日还有很多事情要做，就不等王襄林了，上床睡去。

凌晨一时，一阵敲门声把黄瑞生吵醒。黄瑞生以为是王襄林回来了，下床去开门，竟是茶房。茶房说，警察要查房。话音刚落，就有几个警察闯进屋。黄瑞生发现情况不对，但又无法走脱。

一个警察问他，你叫什么名字？

黄瑞生边穿衣服边说，我叫黄瑞卿。他说了在北农大时用的名字，这个名字王襄林知道。

警察说，你叫黄瑞生吧？

黄瑞生心里一惊，这个名字只有党内少数领导知道，他平时与同学、群众甚至普通党员在一起用的都是化名。难道叛徒是党内领导？黄瑞生不敢往下想了，但很快就镇定下来问，你说什么？黄瑞什么？

警察瞪他一眼，黄瑞生。

黄瑞生眨巴着眼睛，故意诧异说，黄瑞生？倒是一个辈分，可我不叫黄瑞生，我叫黄瑞卿，不信，你们可以找我同学去问。

警察问不出什么来，骂骂咧咧地把黄瑞生往门外推。

旅社门口停着一辆警车，敌人这是早有准备了。黄瑞生做出了一个判断，党内领导层一定出现了叛徒！他望着警车说，你们，你们凭什么无缘无故抓人？

一个警察说，你个小赤佬，到地方就知道了。

谁是叛徒？黄瑞生一边拖延着时间一边判断着。王昭平？一想到这个，黄瑞生心里就排斥、否定，但知道黄瑞生这个名字的市委只有游无魂、王昭平，而游无魂已回上海省委，只有王昭平了。多年的地下斗争经验告诉黄瑞生，多日联系不上的王昭平，几乎可以断定就是那个叛徒了。

得出这个基本判断，黄瑞生不禁冷汗一身。军校地下党是王昭平重点联系的，许多地下党员他都认识，尤其是军校地下党领导。但此时的黄瑞生无法脱身，军校党组织面临灭顶之灾。所幸的是，其他地下党组织王昭平接触得不多，但王昭平知道杨将军巷一号，那可是市委秘密机关。黄瑞生心急如焚，他把希望寄托在了余汛宇身上。记得离开时，他提醒过余汛宇，如果有异常出现，一定要把窗台上的那盆月季换成其他的花。余汛宇喜欢养花，桌子上就放着几盆，把花换掉很方便，但还是问他，地下党只要不见月季就知道市委机关暴露，撤掉月季不就行了，为何还要换成别的花？他就告诉余汛宇说，假如真的不幸有人叛变，叛变的人也知道窗台月季这个秘密，但叛徒一般不到现场，只要窗台有花，敌人很容易疏忽。

黄瑞生判断得一点不错。王襄林被带到市警察厅后，敌人拿出王昭平提供的合影照片让他辨认。敌人在确认他的北农大同学黄瑞卿就是黄瑞生后，立即实施收网行动，一场针对南京地下党的大搜捕就此开始了。余汛宇没有辜负黄瑞生，他在房主刘吴氏敲门时问有何事，刘吴氏说警察查房。杨将军巷一号不是旅社客栈，警察平时很少查房，这引起了余汛宇的警觉，按照黄瑞生的叮嘱，把窗台上的那盆月季换成了杜鹃。警察冲进来的时候，他没有看到熟悉面孔，果然如黄瑞生的判断一样，叛徒果然没有出现在现场。

警车把黄瑞生押送到国民革命军总司令部军法处时，余汛宇已在他之前羁押此处了。

敌人在军法处对黄瑞生进行了突击审问，结果什么也没审出来。

你是哪里人？审讯官问他，

我是霍邱人。黄瑞生一点也没犹豫，脱口而出。同学王襄林只知道他是安徽人，他将籍贯由六安改为霍邱。

叫什么名字？审讯官又问。

黄瑞卿。这是他在北农大时的名字。

这与王襄林说的一致，却不是王昭平说的黄瑞生。审讯官不甘心，眼珠子转了转又问，你昨天下午为什么去军校？

黄瑞生说，军校？你见我去军校了吗？

狡辩，不要以为没人看见，你就可以抵赖，等到逮捕你军校的同党，看你还有何话可说？还是如实招来吧，免得罪加一等。

黄瑞生茫然地眨巴着眼睛，心里却乐了。敌人这么一说，正好验证了他的判断。军校地下党虽然被敌人暗中监视了，但由于他与军校地下党的谨慎，敌人并未发现他昨天下午去军校开展秘密工作。想到这，他故意噗嗤笑出了声，说，我来南京是找事做的，到军校做什么？噢——他忽然恍然大悟的样子，噢，昨晚倒是新认识了一个军校的朋友，叫任国光，还是训练处的科长呢。你们是不是找他？

审讯官拍了下桌子，谁问你这个，我问你，你在北京，为何还要跑来南京？什么时候跑来的南京？

黄瑞生一副被吓到了样子，显得非常紧张，抖抖嗦嗦地说，现在北京很乱，南京是国都，同学都说治安应该不错，我就跑来了，没想到刚来就被你们抓了，看来都是讹传。

看黄瑞生也不是装出来的样子，审讯官有点懵。难道是抓错了？审讯室里的敌人面面相觑。

敌人无计可施，只得让王昭平当面指证。王昭平本不愿出面，但也怕弄错，让真的黄瑞生逃脱。他是通过同学侯志明自首告的密，但作为中共南京市委的军事委员，怎么会主动自首？新主子半信半疑，这一点他心知肚明。所以他盼望着尽快抓捕黄瑞生，破获南京地下党组织，为自己讨得一官半职增加筹码。

当他走进审讯室里，看到满身是血的黄瑞生时，虽然羞愧，但也放心地长吁了口气，因为站在面前的正是与他曾经朝夕相处的战友黄瑞生。面对黄瑞生，他说不出口，冲审讯的敌人点了下头。

审讯官走近黄瑞生，冷笑一声说，你同党指认你就是黄瑞生，你还有何话可说？

黄瑞生眼睛如利剑直指王昭平，愤然说，你这个人是谁？为什么要血口喷人？我叫黄瑞卿，怎么会变成了黄瑞生？我同学王襄林呢？你们找他来对质！

王昭平不敢正视黄瑞生，转身出了审讯室。

敌人又把杨将军巷一号的刘吴氏、刘张氏带到审讯室。两个女人一见满身是血的黄瑞生，吓得浑身发抖。审讯官问，你们认识他吗？两个女人不停地点头。审讯又问黄瑞生，你认识他们吗？黄瑞生说，认识，是我房东。

黄瑞生承认刘吴氏、刘张氏是他的房东，审讯官反倒愣住了，但眼珠子一骨碌又嘿嘿笑了。这个黄瑞生不承认行吗？两个女房东认识他，他又如何抵赖得了？审讯官得意起来，上下打量着黄瑞生说，你现在可以招供了吧？

招供？我知道的都告诉你们了，还要我招什么？黄瑞生很无辜地说。

审讯官说，你看你的同党王昭平先生，他能主动自首，能改过自新，高官厚禄等着他，多好，你再看你，何必要受这皮肉之苦？

黄瑞生说，长官，我可不敢有什么高官厚禄，我来南京只要找到一份差事，就心满意足了。

审讯官说，王昭平先生早已举报，杨将军巷一号就是你们的市委机关，你的同党余讯宇也被捕关在这里，审你前他已经招供了。

余汛宇被捕早在黄瑞生意料之中，但余讯宇叛变他不相信。黄瑞生装作糊涂，笑了一下说，余讯宇？他是杨将军巷一号的房客，我认识他，怎么了长官，他是共党？

审讯官冷笑说，他是不是共党你不清楚？他供出了你，你就是南京地下党书记黄瑞生。

这一说全都露馅了，余汛宇并不知道他的真名叫黄瑞生。他刚到南京时用的是化名黄子仁，为了地下工作的需要，后来他的化名经常变换，尤其是他成为市委书记后，所有化名连市委的几个领导（包括叛徒王昭平）也不是很清楚。

望着咄咄逼人的审讯官，黄瑞生很无奈地说，他说我同党，我就是呀？长官，你叫他来当面对质。

审讯官恼羞成怒，大声说，放肆，就算他不招供，你也不要得意，我可以把底牌告诉你，杨将军一号的那盆花还在窗台上，嘿嘿，你住的房子里有我们的便衣守株待兔，等着瞧吧，你的同党终会一个一个地被我们逮捕。我就不信了，共党还能个个死硬？

黄瑞生暗自夸赞余汛宇，脸上却更无辜了，大声说，长官，你们抓哪个跟我八竿子挨不着，我来南京是找事做的，还是让我走吧。

审讯官对黄瑞生已无兴趣，挥挥手，眨着小眼睛走了。

王昭平的叛变，使中共南京市委遭到第四次大破坏，其中王昭平直接联系的军校地下党损失最为严重。正如黄瑞生预料的，几乎是灭顶之灾。凡是和王绍平直接接过头，他记得姓名的人，都列入了抓捕名单。

也许是上苍保佑，即使军校地下党组织已在敌人掌控之中，但最终也只抓捕到 108 名地下党中的 18 名党员。

王昭平提供的军校地下党名单分布在军官研究班、交通队、航空队、教导队、警察教练所。敌人为了将军校地下党一网打尽，将逮捕行动选择在了例行的一个晚点名时行动。也正是错过的这段时间，党总支主要负责人竟然离开了军校。逮捕行动的那天晚上，敌人突然在各队所学员点名时同时扣人。炮兵大队头一个点的就是军校党总支书记曹聚义。此时曹聚义适逢父亲病危，已于前几天回浙江浦江老家奔丧，而另一位负责人、副书记甘棠也在此前去了江北某地电台。没抓到军校地下党主要负责人，敌人随即明令通缉。浙江省、浦江县两级警察局保安队联合到蒋畈村曹家追捕、抄家，曹聚义被母亲藏于蚕房屋顶幸免被捕。甘棠经同学赵壁协助逃往上海，改名甘让隐藏起来。

南京市委虽然遭到了第 4 次大破坏，但由于黄瑞生、余汛宇的机敏睿智，甚至是上苍的保佑，南京地下党组织损失降到了最小，除军校 18 名地下党被捕，以及《中央时报》《三民导报》《南方日报》的工人支部遭到破坏，其他基层党组织基本安然无恙。更为难得的是，在敌人的审讯面前，黄瑞生沉着、巧妙应对，竟使敌人怀疑王昭平的指认是为升官发财增加筹码，直到黄瑞生血溅雨花台时，都没能确认其真实身份。敌人的这一误判十分重要，在没有确认黄瑞生是否真的被抓获，在没有发现余汛宇被捕前就发出了危险的信号，他们的注意力仍然还在杨将军巷一号，这为党重建南京市委起到了某种掩护作用，同时也赢得了时间。

可叹的是，民国十八年（1929 年）那场轰动南京城的大搜捕，竟非捣毁中共南京市委机关、逮捕市委书记黄瑞生，而是“十八罗汉”大案——陆军学校 18 名中共地下党员被首都警察厅“一网打尽”。

第十二章
身陷“十字监房”

确认不了黄瑞生真实身份，敌人无计可施，国民党江苏省高等法院只得以“共党嫌疑犯”，判处黄瑞生一年又六个月，解送江苏省高等法院看守所。

这所监狱很大，最多时关押2000余囚犯，各监区按工字分布，因监舍呈十字形，故这座特殊的建筑群被称之为十字监房。自从1927年蒋介石发动“四一二”反革命政变后，十字监房关押过许多共产党人和进步人士。其中恽代英、江上青等著名共产党人和史称“七君子”的沈钧儒、章乃器、邹韬奋、李公朴、沙千里、王造时、史良都曾关押在此。

跟黄瑞生一起被解押到看守所的有三十几人，其中就有月余没见面的余汛宇。他俩分乘两辆囚车，下车后被驱赶到一个小广场上。往小广场去的时候，余汛宇看见了黄瑞生，刚要张嘴喊，被黄瑞生的眼神止住。他们站成一列长队听狱官训话，然后就被分成几个组。黄瑞生第三组，余汛宇与他相邻。

这是要把他们分别关押了。余汛宇显得有点焦急，但黄瑞生刚才的眼神提醒他，这不是说话交流的场合。短暂的相见，一句话未说就这么擦肩而过。

黄瑞生所在的这组被押送到第三分监——吴县看守所。在一个不大的院子里，黄瑞生等七八个人站成一列听三分监的看守所所长训话。这个所长满脸横肉，凶煞般地看着他的“犯人”，背着手说，各位，不管你们从前什么角儿，到我十字监就得受我温某人管制，哪位不服，休怪我温某人心狠手辣。

这个自称温某的所长，名叫温良，其名与长相背道而驰，不仅如此，正如他自称的，还是个心狠手辣的反共分子。此人除了心狠手辣，还十分地狡黠。为防共产党人和进步人士在狱中串联，每到一批政治犯，他都分散到不同监舍关押。这次也不例外，训完话，他就拿着移交的“犯人”名单开始点名。每点到一人，他都狠狠地看上几眼，似乎要把人吃掉一样，然后手一指，你，出列，那边。

随着点名，七八个“犯人”逐一被狱警带去监舍。黄瑞生跟着一个狱警走过长长的通道，又拐了两个弯，才来到一间监舍门口。狱警打开锁，把他往里一推，就“哐当”一声关上了门。黄瑞生踏进监舍的瞬间，什么也看不清楚，馊味、汗味和腐败了的恶臭扑鼻而来。他揉了揉眼睛，才借助墙壁顶部小窗射进的混浊光线，看见暗影里的十几个衣衫褴褛的犯人。

黄瑞生清楚，在这一年又六个月里，他将与这些衣衫褴褛的人成为狱友。他们都是些什么人？有没有共产党员？他打量着。这十几个人多为年轻人，有几个还戴着眼镜。他心里揣摩，其中或许就有他的同志。牢房里一张床没有，只是在靠墙的地方铺了稻草，显然这就是狱友们睡觉的地方。他心里一丝凉意掠过，冲他们笑着点头的同时，发现那铺着稻草的墙边还留有他一席之地。

这让他又重新打量起狱友。

狱友们或坐或蹲，也有几个站着，大多面无表情地看着他。但其中两个比较特殊，眼神好像特别在意他的举动。这两人都很年轻。那个坐在唯一凳子上的，长得壮实墩厚，留着板寸头，穿着对襟土布衫，袖子卷到胳膊弯，一看就是个做力气活的人。而另一个则穿着长衫，就站在这个板寸头身后的稻草铺上，在他清秀的脸上流露出些许不安。

黄瑞生有点狐疑，却又不知何因，犹豫着往那个留出来的“一席之地”走过去。还未走到跟前，那个板寸头就跨步上前挡住。瞬间，本就鸦雀无声的牢房里，连空气都凝固了。监狱对于黄瑞生是陌生的，但他听闻过一些传闻，知道不少监狱都有牢头，这些牢头本身也是囚犯，却因某种原因成为欺压同室的狱霸。

这个板寸头莫非就是？

黄瑞生客气地问他，这位大哥，这地方空着，我可以坐下吗？

板寸头哼一声，并不言语，下巴往墙角努了努。

黄瑞生看过去，墙角里放着一只便桶。那是给监舍囚犯小便用的，板寸头这是何意？黄瑞生刚要开口问，穿长衫的那个年轻狱友已经走过来问，哎，新来的，你贵姓？

我姓黄，名瑞卿，请问？

我叫刘爱群，大哥也是你叫的？他是我们牢头，郭牢头。

噢，郭牢头？黄瑞生问，郭牢头这是让我去搬便桶？

板寸头冷着脸，还是一声不吭。

刘爱群说，你刚来，不知规矩，郭牢头这是叫你睡到那便桶边上。

我睡那？黄瑞生满脸诧异。

刘爱群说，那地方原来我睡的，郭牢头这都是为的我。我刚来的时候，跟你一样，也不懂，若郭牢头不是看我瘦弱，手下留情，我怕是十天半月都爬不起来。

这个郭牢头无疑就是狱霸了。但从刘爱群的眼神里看得出来，他并非胆小怕事之人，可为什么还如此恭敬？黄瑞生带着疑惑去望刘爱群时，刘爱群也正望他。黄瑞生忽然明白了，这个看似瘦弱的刘爱群是不希望看到他遭到无谓的伤害，是在暗中帮他。

他的这一判断，在得知刘爱群也是中共党员后得到了证实。

刘爱群后来告诉他，为迫害十字监房的共产党人和进步人士，敌人把旧时监狱的“龙头制度”用上了。所谓“龙头制度”，是以叛死刑未决等重犯对同监舍犯人进行管理，而实际上虐待迫害的一种制度。

明白了刘爱群暗中帮他，黄瑞生就不再吱声，默默地走到便桶旁倚墙而卧。

板寸头当时以为这是刘爱群拍他马屁的效果，非常受用，哈哈大笑，拍着刘爱群肩膀说，不错，不错，记着了哈，往后哪个欺侮你，告诉我郭牢头。

次日放风，刘爱群就把板寸头情况悄悄告诉了黄瑞生。

原来板寸头叫郭阿成，是吴县城郊人，以种田为生。一年前，本村有一个叫吴阿妹的姑娘与他相爱，但因父亲欠本村王姓豪绅高利贷，欲将她嫁给这个豪绅为妾，以抵充其债。吴阿妹出嫁前夜，郭阿成携她私奔未果，遭毒打致重伤。等郭阿成养好伤，才知吴阿妹被逼已悬梁自尽，一气之下便在一个风雪之夜，持刀潜入王家，数刀将那个豪绅刺成重伤，虽留下一命，但废了下身，还断了一条胳膊一只腿。

原来也是一个穷苦人。

是呀，他被吴县法院叛了无期徒刑，性情时好时坏，常把穿长衫的狱友当成土豪劣绅，稍有不顺眼的，就拳脚相加。

黄瑞生叹息说，这个社会呀，好端端的一个郭阿成这么变成了一个是非不辨的郭牢头。

刘爱群点头说，现在狱友都不惹他，不过，他倒也是个疾恶如仇的性情中人，要是你有办法让他明事理，或许还能成为像我这样弱者的保护伞。

黄瑞生想起郭阿成拍刘爱群肩膀时说的话，不禁笑了说，是呀，这么一来，监狱搞的那套“龙头制度”就无用武之地了。

刘爱群说，这还真是的，我比你早入狱几天，我们第三分监除一半政治犯，其他刑事犯鱼龙混杂，监狱的温所长最喜欢用重刑犯做牢头，如果把郭阿成这样的人从中分化出来，不仅对我们这个监舍有益，还可以通过他跟外面联系。

这是话里有话。 黄瑞生略一思忖便试探着问，刘先生，我看你也是个读书人，你是因为什么入的狱？ 刘爱群说，他们说我是共产党嫌疑犯，你呢？ 黄瑞生说，跟你一样，他们也说我是共产党嫌疑犯。

两人似乎明白了，便相视而笑。

跟随着放风的犯人，两人边说边慢腾腾地在场院里兜着圈子。 场院两边是监舍，两头是栅栏、铁丝网。 栅栏、铁丝网隔开的另一边则是其他监区的放风场院。 不同监区的犯人只能远远看见，偶有犯人走近栅栏、铁丝网，就会被狱警大声斥责着赶走。

黄瑞生两边望望，说人真的蛮多呀，十字监房该有千把号人？

刘爱群说，听说有 2000 人左右，不过我们三分监最多，有千把号人呢。

像你我这样的政治犯有多少？

有 800 多人吧。

监狱不仅实行“龙头制度”，还克扣政治犯口粮，除了牢头能吃上一点细粮，其他人吃的都是“五子饭”（砂、石、稗、谷、虫）。 由于狱中环境恶劣，吃的又是“五子饭”，常有囚犯生病。 不久瘦弱的刘爱群病了，“五子饭”吃一口就呕吐，郭阿成看不下去，就把牢头饭省给他。

有天所长温良巡查监舍，郭阿成说，这位刘先生重病在身，能不能给他吃点白米饭。

温良奇怪地打量郭阿成，让你这个杀人犯做牢头，是叫你管住这些政治犯，你反倒为他出头，牢头是不是不想做了？

温良一顿抢白，气得郭阿成脸煞白，嘴唇直颤抖，拳头也紧攥起来了。黄瑞生这时忙上前说，哟，郭牢头，今天替我们在典狱长跟前说情，真是太阳从西边出了。其他几个政治犯见状，也走过去，站在郭阿成和温良之间，附和说，真是太阳从西边出了。

温良有点诧异，不知这些囚犯演的哪一出。没等他想明白，黄瑞生就说，典狱长，你都不晓得，这个郭牢头太狠了，平时我们稍不顺眼，他就一顿老拳，正好你查房，我们要求你罢了他，给我们重换一个新牢头。

温良更是丈二和尚摸不着头脑了，但还是不忘瞪起眼睛说，今天你们都不知道自己身份了，都敢跟老子提要求了。说完哼了一声，交代跟着的狱警严加看管，再有谁提什么要求的，押去蹲小号。

温良已经走了，郭阿成还在发愣，他既生气又糊涂，弄不懂黄瑞生他们什么意思。

黄瑞生入狱后，总跟他拉家常，爱听他讲自己的故事。有次黄瑞生说，这叫什么世道，土豪劣绅仗势欺人，把人逼死了官府也不过问，可你把他刺伤了，就判你无期徒刑，一辈子关在这暗无天日的牢房里，这世道不公呀。

郭阿成气恼地说，当然不公了，可又有什么办法？哪叫我们穷人摊上这个命！

黄瑞生说，你会认这个命？我看不会，不然你也不去刺杀那个劣绅了。

郭阿成叹气，可不认又能怎样？官府哪会向着穷人？

黄瑞生说，所以这样的官府就要推翻，你知道吗，为什么这里关了那么多的政治犯？政治犯都是共产党和进步人士，他们都在为穷苦人的利益跟政府斗争。

郭阿成说，共产党听说过，北伐他们打得最卖力气，可打赢了又怎么样？我们穷人照样受苦受累，有钱人照样骑在我们穷人头上。

黄瑞生说，那是国民党跟共产党撕破了脸皮，现在到处抓捕共产党，就是因为共产党坚持为穷苦人谋利益。

郭阿成说，他们不为自己？

黄瑞生说，解放了穷苦大众，他们才能最后解放自己。

郭阿成没全听懂，半信半疑，去问刘爱群。刘爱群竟然也跟黄瑞生说的一样，还举例告诉他，如果有共产党做主，吴阿妹也不会白白死了，一定会还你一个公道。自那以后，郭阿成就越来越不像牢头了，非但不去欺侮狱友，狱友有难了还会主动关心。可今天黄瑞生他们不知怎么一反常态，竟向温良提出了换牢头？

郭阿成还在想着，刘爱群过来说，郭牢头，为了我差点害了你。

害了我？你们不是要换牢头吗？

刘爱群说，郭牢头，他们是不想换牢头才那么说的。

郭阿成更诧异了，不解地望着大家。

黄瑞生就说，监狱让你做牢头，是要你虐待欺侮我们，你越凶狠，他们就越满意，也就越不会换牢头。

原来如此，郭牢头听懂了。

虽然牢头不像牢头，狱友们少了虐待迫害，但已经入夏，随着天气越来越炎热，阴暗潮湿的监舍里，到处是蚤虱蚊蝇，狱友病倒了也得不到治疗。监舍环境如果再不改善，后果不堪设想。

怎么办？黄瑞生想到了党组织。他记得刘爱群说过，这个监狱关押囚犯约2000人，其中政治犯就有800余人。监狱里有如此之多的政治犯，直觉告诉黄瑞生，监狱里一定有党的地下组织。

黄瑞生的直觉一点没错。蒋介石发动“四一二”反革命政变，关押在十字监房的共产党人越来越多，江苏省委已经在狱中建立了党的地下组织——“监狱特支委员会”，并且还在部分监区建立了4个监狱支部。但由于监狱的特殊环境，只联系上党员200余名。据后来的史料记载，1929年下半年，仅第三分监关押的千余人中，就有一半是共产党员。

一定要与党组织联系上，黄瑞生暗下决心。

第十三章 家人找到了

其实党组织一刻也没停止找黄瑞生。

黄瑞生被捕后，杨将军巷一号的那盆月季变成了杜鹃，前去的地下党因此没有中敌人埋伏。江苏省委在得知南京市委机关破坏后，一边着手重建南京市委，一边密切关注黄瑞生的情况。当得知他被送到江苏省高等法院看守所第三分监羁押时，马上就指示监狱特支委尽快联系，并任命他为特支委委员，与时任特支委书记徐家瑾一起负责狱中对敌斗争。

徐家瑾 1904 年生，字汝怀，化

名沙文静，如皋石庄人，他不仅与黄瑞生是同年出生的，入党时间也同为1926年初。他早期搞过学生运动，后来又参加南昌起义、广州起义，曾在国民革命军第四军叶剑英部教导团做政治工作。广州起义后被捕，后越狱到上海找到党组织，1928年春受江苏省委委派回如皋县委工作，任中共城中区委书记、代理县委特派员，公开身份为国民党县党部机关报《皋报》主编。后因在《皋报》副刊发表揭露国民党罪恶的一篇题为《饭碗》的短文，于这年10月30日不幸被捕，虽经多方营救，还是被判处有期徒刑2年零6个月。

比黄瑞生早一年入狱的徐家瑾，接到省委指示后，立即通过不同渠道寻找黄瑞生。有天得到消息，一个刚联系上的党员叫余汛生，被捕前就在南京市委机关工作，听说还是黄瑞生介绍入的党。更重要的是，余汛宇还说他是跟黄瑞生一起入的狱，分监时碰过面，按当时的分组，黄瑞生很可能就在三分监。虽然有了这一消息，寻找黄瑞生有了重点线索，但当时三分监党组织还未建立，也没有党的外围人员，加之随着狱中政治犯越来越多，监狱对囚犯看守越来越严，联系上黄瑞生并非易事。

徐家瑾与特支委的几位领导秘密研究后决定，先在囚犯放风时做一次尝试，视情再考虑下一步行动。

放风那天太阳高照，黄瑞生把生病的狱友搀扶到监舍外安顿好，就与狱友在院子里散步。刘爱群望着栅栏边上的狱警说，最近放风好像增加了不少狱警，也不知为什么。黄瑞生说，关押的人越来越多了，他们害怕出问题。刘爱群说，胆子也太小了，又是栅栏，又是高墙铁丝网，我们还跑了不成？

两人正说着话，栅栏那边的监区犯人骚动起来。

不知因为什么，有两个犯人大声争吵，先是推推搡搡，后来就发展到了拳脚相加。黄瑞生有点奇怪，为什么那边的狱警不上前阻拦，而且还呵斥着试图上前拉架的其他犯人。有个狱友说，他们这是拿犯人取乐。黄瑞生问，还有这么取乐的？那个狱友说，可不是嘛，狱警、守卫平时就喜欢看牢头打人了，打得越凶，他们越高兴。

这话被不远处的郭阿成听到，走到跟前问，你们说什么？牢头打人？狱友自知说漏了嘴，一时又不知如何应答。黄瑞生马上接话说，牢头不打人就不是牢头了，不过，我们郭牢头不一样，我还没见他打过哪个。

听这话郭阿成反倒不好意思起来，挠了挠头发说，我以前也打过，被利用了。

黄瑞生笑了笑，就问他，郭牢头，你看那两个打架的有牢头吗？

郭牢头得到了尊重，眯起眼往那边仔细看。虽然比较远，但也能看个大概，郭阿成说，他们跟黄先生一样，都穿长衫，一看就是读书人，可两个读书人都坐牢了，怎么还要打架？以前可从未见过。

你说从未见过？黄瑞生问。

郭阿成肯定地点头，从未没见过。

黄瑞生就入神地盯那边看，可能是太远看不清楚，他竟然撇开同监舍的狱友，穿过人群往栅栏那边走去。刘爱群和郭阿成跟在后面，眼见快要越过所有的犯人了，刘爱群赶紧小声提醒说，黄先生，前边就是警戒线了。黄瑞生这才愣一下站住。

栅栏那边的两个犯人越打越凶。郭阿成说，还是看不清楚，不过，那两个人肯定不是牢头。黄瑞生没吱声，刘爱群知道黄瑞生不是关心的这个，拽下郭阿成衣袖，别说话，那边全是狱警。郭牢头有点纳闷，这两个读书人莫不是认识那边的两个读书人？

那边的两人打得正热闹，突然其中一人大概是打输了，撒腿往栅栏这边逃跑。而另一人也紧追不放。起先狱警、守卫还在观望，直到两人就要跑到栅栏跟前了，他们才在尖锐的哨声中蜂拥而上。两个人被狱警们揪住，好像并不甘心，在押往禁闭小号的路上，还不停地回头抗争，大声地骂着对方的名字。

这让全神贯注的黄瑞生激动起来。他听到了一个熟悉的名字：余汛宇。

这是特支委经过周密安排上演的一幕。

余汛宇关押的监区毗邻三分监，如果黄瑞生就在第三分监，党组织就可以通过放风寻找机会与黄瑞生联系。但特委书记徐家瑾敏锐地预判，放风时敌人一定会加强戒备，不可贸然行动。经过慎重考虑，特支委指示余汛生所在支部，一定要在不暴露的前提下，想办法确认黄瑞生就在第三分监，然后再研究下一步行动。

特支委导演的这一幕达到了预想的效果。余汛生不仅把信息传递了出去，而且还看到栅栏那边有几个人特别关注，虽然相隔较远不能断定，但其中一人很像黄瑞生。特支委书记徐家瑾得到这些信息，高兴地对其他特支委员说，有他在三分监，以后那边的斗争就好开展了。但怎么跟黄瑞生联系上呢？从上次放风的情况看出，敌人戒备森严，想借助放风机会联系，显然难度很大。有的特委员建议，狱警守卫中有 3 名党员，干脆通过他们联系黄瑞生。徐家瑾没有同意，说这 3 名党员没有一人在三分监，这么去联系很容易引起怀疑，他们对狱中的党组织很重要，不到万不得已不能让他们冒这个险。

明明知道黄瑞生就在第三分监，却没有万全之策与之联系上，特支委员们都很焦急。徐家瑾说再等一等，看下次放风时三分监那边会有什么动静。徐家瑾相信，凭黄瑞生丰富的斗争经验，一定也会有所行动。

黄瑞生在得到余汛宇传递的信息后，当然不会坐等。

他十分清楚，狱中党组织已经知道了他的下落，如果有办法联系上，就不会在放风时上演那一幕。所以那天放风结束后，回到监舍的狱友还在议论，他却一言不发，眼睛望着墙壁沉思。

当时黄瑞生的沉思引起了狱友们的注意。好几个狱友想起放风时黄瑞生的异常举动，就有人问他是不是认识打架的犯人。这一问让郭阿成也想起来了，他记得就在那两个打架的人骂着对方名字被狱警押走时，黄瑞生是要冲上前去的，不是他和刘爱群当时紧紧拽住，很可能就越过警戒线冲到栅栏跟前。想到这个，郭阿成都有点后怕，他走到黄瑞生跟前说，黄先生，那是你什么人？你那样不管不顾往前去，没看到全是狱警？多危险。

狱友们问，怎么危险了，郭牢头？

郭阿成还没开口，刘爱群就对狱友们说，那两个打架的犯人，黄先生可能面熟。亲戚朋友，还是同窗同学？黄先生，要是想不起来就不要想了，看你费脑筋的样子，真让人难受。

这时黄瑞生已经回过神来，刘爱群的话他当然心知肚明了，就说不是想不起来，那是我的邻居，还在读书，我进来前借过他几个大洋，说好过两天就还的，没想到还没到两天，我被警察抓了进来。没想到他也进来了，我看到他时都懵了，脑子就一个想法，我要告诉他，我不是不还钱，不是有意回避他，是被抓进监狱了没办法。

黄瑞生说得情真意切，听得郭阿成有点感动，说就为这个呀，坐牢了还想着还钱的事。刘爱群说，黄先生一看就是讲究名节的人，当然很看重这个了。郭牢头说，这个好办，我记得那两个人一个叫余什么一个叫张什么，哪一个？知道名字就好办。

听郭阿成这么说，黄瑞生眼前一亮，说名字知道，他叫余汛宇，知道名字怎么就好办了？

郭阿成说，我跟李福极说一下，叫他请他老乡带个口信就成了。

李福极？就是那个拉粪便的外役？黄瑞生问。

就是。

他听你话？

听，我给他出过头。

原来李福极与郭阿成曾是狱友，刑满释放后无处可去，就留在监狱做外役，清运监舍便桶、打扫监狱茅房都由他负责。他是苏北逃荒到南京的，与一帮老乡靠乞讨为生，北伐军光复南京后，不知什么原因被当作犯人逮捕入狱。当时郭阿成还不是牢头，牢头是安徽山里的土匪。此人入狱前专干杀人越货勾当，蹲监狱了还作威作福，不仅让李福极睡便桶旁，还叫李福极为他捶背揉腿，稍不满意，就一顿拳脚。李福极骨瘦如柴，哪经得起拳脚，有次被打得瘫在地上爬不起来了，他还不住手。郭阿成看不下去，忍不住上前攥住他的拳头。两个人本就看着不顺眼，就互不相让地打起来。外面的守卫以为又是牢头打狱犯，没当回事，哪知没动静了，进来巡查了，才看见牢头满头是血地瘫在便桶旁呻吟。

这还了得，哪见过牢头被打？但事情报告给所长温良，郭阿成不仅没遭惩罚，反倒让他做牢头。原来那牢头也是命短，小号蹲了月余就被押走枪决。一提起这段往事，郭阿成都感到内疚，悔不该当时下手太重。

黄瑞生说，我看李福极这人知恩图报，经常给你带吃的用的，不是今天知道这段故事，我还当他是你亲戚呢。

郭阿成挠着头发笑，亲戚倒不是，不过我的话他听，传个话什么的没得问题。

黄瑞生想了想，说，现在看管得很严，李福极一句两句不一定把我想说的说清楚，时间一长可能引起狱警注意，不能因为这个把李福极连累了。

那怎么办？郭阿成问。

这样你看行不行，我写个便条让他带过去，寻准机会交给余汎宇。

郭阿成一拍脑门，对，就这么办。

几天后，李福极到监舍倒便桶，郭阿成交给他一张叠好的香烟纸，请他悄悄转送另一个监区的余汎宇。李福极把香烟纸揣进怀里，说郭牢头放心，这事我一定办妥。黄瑞生说，小心驶得万年船，我们都是被当成政治犯抓进来的，被守卫发现了，不仅我们罪加一等，还要连累你福极大哥。

李福极点头，这个我知道，不过那个监区有三四百号犯人，我虽说三天两头去，也认不全，要是知道他长的样子，就不会出什么纰漏了。

长的有点像他，黄瑞生指着一个狱友，只不过就是多了副眼镜。

李福极打量那个狱友说，记住了。

郭阿成有点不放心，说，福极大哥，你再仔细看看。

李福极说，郭牢头忘了我是叫花子了？谁给过我吃的，谁给过我钱，我都能记得。

正说着，一直站在门口的刘爱群突然大声说，哎哎郭牢头，你跟他有什么好说，还嫌便桶味道闻不够呀。大家往门口看，只见一个守卫捂着鼻子伸头说，哎，磨蹭个什么，把号子当成你家了？

李福极说，就好就好，忙拎起便桶往门口走去。

几天后，余汛宇看到了那张香烟纸便条。

李福极把便条塞到他手上时，小声告诉他，回信下次给我。李福极记得黄瑞生的叮嘱，比较谨慎，丢下这话就拎着便桶离开。余汛宇展开折叠的香烟纸，上写的是：汛宇弟，瑞卿非欠钱逃避，皆因遭人诬陷入狱，不仅与你，家人也未曾联系上，弟请放心，所欠钱款来日一定奉还，弟如见到我家人，也请告之。

什么时候借的钱？余汛宇看过便条，好像看到黄瑞生冲他笑。这是黄瑞生借此向党组织传递信息，余汛宇明白了“家人”所指。

便条很快就到了特支委书记徐家瑾的手上。没想到这么快就与黄瑞生联系上了，而且还是借助外役李福极完成的——这是一个意外的收获，意义非同一般。后来，李福极被发展为狱中党组织的外围，成为黄瑞生以及三分监与特支委、其他监区的秘密联络渠道。

当然，李福极还没成为党的外围时，特支委给黄瑞生的便条还是秘密的。头一次回信，余汛宇交给李福极除了一张便条，还有一盒洋火、一根洋蜡烛。余汛宇说，这是他家人托我转给他的，说给他晚上看书用。李福极当时还奇怪呢，这些读书人，都进监狱了，还惦记着看书。

李福极当然不会想到，那便条上除了“家人已知”几个字，还有几行暗字。黄瑞生一见到洋火、蜡烛就明白了。过去，机密信件都是涂了药水的，用火一烤，关健的字才显出来。那天夜里，在一屋子鼾声里，他点亮蜡烛烤那张便条，片刻，便条上的空白处便有几行暗字显现出来。那是上级党组织对他的任命、分工以及让他负责三分监党的地下工作。

捧着那张便条，黄瑞生喃喃自语，终于，终于找到家人了。

第十四章 罢饭斗争

联系上特支委，黄瑞生很快获得可能羁押在三分监的党员名单，又通过李福极找到了其中的大多数。自此，三分监就在黄瑞生的领导下多次参加特支委统一组织的狱中斗争。

党组织在监狱里的活动引起了敌人的警觉，在查找组织者未果后，突然中止了囚犯放风制度。不仅如此，过去囚犯在监舍便桶小便，大便都由看守押送到监舍外茅房的，但中止放风后，大小便一样，都不得出监舍。此时已入夏，监舍里臭气熏天，蛆爬满了便桶，苍蝇蚊子嗡嗡乱飞。偶有囚犯抗议，即遭用刑、加镣、蹲小号。

就这敌人仍没放松暗查狱中地下党组织，所长温良隔三岔五都要亲自查监。他从高等法院移交给他的囚犯卷宗里得知，黄瑞卿与中共南京市委书记黄瑞生，疑似一人，只因证据不足才以共党嫌疑犯羁押。他暗中收集几个重点囚犯的言行，都没找到什么破绽，但他并不甘心，想通过亲自查监寻找到蛛丝马迹。

这天温良查到三分监黄瑞生所在监舍。他手捂着鼻子，扫视每个囚犯后目光落在郭阿成脸上。

郭牢头最近可好？温良奸笑着问。

不好。郭阿成冷着脸回答。

不好？他们不服你管吗？

他们敢？郭阿成已不是过去的那个郭阿成了，他故意挥挥拳头说，哪个不服我管，当心我这拳头。

温良又扫视大家，脸上都有惧色，便问郭阿成，那你还有什么不好？

郭阿成挠着稻草一样的头发说，温所长，你也看见了，也闻到了，这号子里还是人待的吗？不放风也就罢了，这大便总该允许去茅房吧。

温良的手一直捂在鼻子上，听了郭阿成的话，嘿嘿一笑，眼睛看着黄瑞生说，郭牢头，你这是为他们出头？那好，只要你告诉我，是哪个让你这么说的，我就给你面子，不光允许上茅房，我还给你们放风。

郭阿成不屑地说，我听他们的？太阳还不从西边出？温所长，你要是给我面子，那是他们跟我沾光。

温良盯住郭阿成看。

温所长，我说的不对吗？

温良哼一声，冷笑说，郭牢头，等你做所长的吧。

丢下这句，温良便悻悻而去。监舍铁门“哐当”关上，大家忍不住笑起来，都夸郭阿成戏弄了温良。

监舍环境一天天恶化，很多狱友病倒了。

身体本就不好的刘爱群，发烧、拉肚子，瘦得没了人形。黄瑞生心里清楚，敌人停止放风，不让囚犯走出监舍，其目的不仅是孤立隔断各个监区、监舍，预防地下党串联活动，还意在摧残囚犯肉体、削弱斗争意志。为改变这一局面，特支委一直在想办法，但又找不到良策。黄瑞生心里十分焦急。

刘爱群得不到治疗，身体状况越来越差，就连大便都要狱友搀扶。监舍便桶本是给囚犯小便的，现在大便时只能蹲在便桶跟前的板凳上，很不方便。刘爱群一连几天拉肚子，郭阿成不忍看看他难受的样子。这天午饭后，他敲开铁门上的小窗，对守卫说，有人生病拉肚子了，能不能出去上茅房。守卫说，里面不是有便桶吗？郭阿成说，便桶不方便，好好的人都费劲，何况他一个站都站不稳的病人。

守卫打开监舍铁门，果然看见刘爱群耷拉着头蹲在便桶跟前的板凳上，不是两个狱友一旁搀扶，就能一头栽到地上。郭阿成说，病人一会儿就屙一次，快撑不住了。守卫捂着鼻子退了出去。不一会铁门又打开了，守卫说，那个病号呢，我们温所长说了，他再屙屎的时候可以去茅房。

刘爱群又要屙屎了，守卫果然同意去茅房，但拦住了搀扶的狱友。黄瑞生上前说，他都病成这样了，没人搀扶很容易栽倒。

守卫望了望黄瑞生，笑了笑说，我在他旁边不行？

黄瑞生见守卫笑得有点诡谲，不放心，就问李福极呢？请李福极跟去搀扶一下。

守卫说，李福极？他正在忙着呢，不是拉肚子吗？这么磨蹭，屎不急屙了？

刘爱群不想让狱友替他受过，回头瞥眼黄瑞生，笑着说，茅房不远，我能坚持。不等大家说话，就自己往茅房走去。

黄瑞生还想说话，铁门“哐当”关上了。

过了半个时辰，刘爱群还没回来，狱友们都觉得有点不对劲，问黄瑞生怎么办。黄瑞生也感到情况不好，就叫郭阿成敲门。门上的小窗开了，守卫见是郭阿成，嘿嘿地笑着问，又有病号屙屎？

郭阿成说，刚才屙屎的刘先怎么还没回来？

守卫揶揄说，他不是肚子坏了吗？屙屎哪能说好就好。

又过半个时辰，监舍外传来哨声。犯人出事了才会吹哨，狱友们不禁紧张起来。大家不愿往刘爱群身上想，但随着哨声的响起，铁门上的小窗又打开了，门卫说，温所长马上就过来了，你们都把耳朵竖起来，听所长训话。

哨声响一阵停一阵，停下时就听温良尖着嗓子说话。声音由远及近，到跟前了，才听清楚内容。他说，囚犯刘某屙屎时想逃跑，被狱警识破，为防止类似情况再度发生，我们对囚犯刘某予以鞭刑惩罚，以儆效尤。

从小窗里看见了刘爱群，他被两个狱警架着站在温良旁边。温良嗓子已经嘶哑了，有点声嘶力竭。望着遍体鳞伤的刘爱群，狱友很心疼，却一点办法没有，只盼着温良的训话赶紧结束。温良嘴巴终于闭上了，但并未放刘爱群回监舍，又被架着往前走去。

铁门小窗关上了。

狱友们都指责温良，刘爱群连走路的力气都没有，怎么可能要逃跑？这是温良有意加害。黄瑞生说，温良怎么会有恻隐之心呢？不过，温良这么做也暴露出了他内心的胆怯。他完全可以把囚犯集中在放风的小广场上，可他们没有这么做，而是一个监舍一个监舍地训话。他胆怯什么？是害怕我们聚到一起。这次发生的事情是一个教训，我们不能忘记，团结起来跟他们斗争。

天快黑时，刘爱群被狱警架着送回了监舍。郭阿成见他的长衫上布满了鞭打的血痕，冲着门口狱警说，他都病成这样了，你们还拿鞭子抽他，想要了他的命不成？

有一个狱警说，你这么关心一个政治犯，是不是被赤化了？你小心点吧，这次是他，下次可能就是你。我们温所长说了，这么大个监狱，整死个把囚犯，上峰是不会过问的，死也是白死。

死也是白死？

这话刺激了郭阿成，拳头禁不住地举了起来。

你，你想反了不成？

随着那个狱警的惊叫，好几个狱警闻声奔了过来，其中持枪的都还拉了枪栓。

情况骤然紧张，黄瑞生赶紧上前拽住郭阿成，边用眼神示意边大声说，郭牢头，你打我们就算了，怎么跟长官也动拳？

这话明显是说给狱警的，郭阿成慢慢放下拳头，但还是忍不住说，黄先生，你问问他，什么叫死也是白死？

黄瑞生冲狱警们大声说，听见他说什么了吧？他问什么叫死也白死？

狱警们面面相觑，不知黄瑞生何意。

黄瑞生走到那个说“死了也是白死”的狱警跟前小声说，听说郭牢头的相好吴阿妹，是被逼婚致死的，断案时法院说“死了也白死”，刚才你也这么说，这不是刺激他吗？

这都哪跟哪呀？

那个狱警也听说过郭阿成的事情，知道郭阿成坐牢是因为持刀杀人，悻悻地冲着其他狱警摇头，讪笑着说，今天触霉头了，碰上这么个不要命的倒霉蛋。

狱警们见无戏可看了，嘻笑一番后就各自散去。

监舍门关上了。狱友们围到刘爱群身边，关切地问他究竟发生了什么。

躺在草铺上的刘爱群挣扎着坐起来，说这是温良设下的一个陷阱。原来一直暗查狱中地下党组织，刘爱群是怀疑对象之一。温良一反常态同意他去茅房，他本就疑惑，但更让他诧异的是，方便后狱警还要带他去监狱医务室，说这是温良吩咐的。当时他犹豫了一下，还是跟着狱警去了。跟着拐过一道门，狱警突然加快了脚步，本就步履蹒跚的他哪里跟得上，眨眼工夫就不见了那个狱警。他没去过医务室，正不知往哪个方向走时，突然冲出几个狱警将他摁倒，说他试图逃跑，并以此为由押到了刑讯室。

望着遍体鳞伤的刘爱群，狱友们痛骂温良心狠手辣，懊悔不该让刘爱群独自去茅房。

刘爱群说，温良这是蓄谋已久的，这事迟早会发生。

迟早会发生？狱友们有点吃惊。

刘爱群说，温良用刑，是想从我嘴里得到监狱党组织情况。他对我有了怀疑，只是还没有证据。可他怎么就怀疑上我了？

狱友们相互看，最后目光投向了微皱眉头的黄瑞生。

黄瑞生说，今天这事看似偶然，其实必然。温良从未放松查找监狱地下党组织，我们虽然已经很注意了，但他就像一条发疯的猎狗，还是嗅到了一点蛛丝马迹。我仔细回想，刘先生最近生病，我们都很关心，特别是郭牢头还为刘先生说话，可能引起了温良的注意。非亲非故的，一个牢头怎么会关心起一个政治犯？温良的解释就是郭牢头可能被赤化了。那个狱警不就是这么说的吗？

郭阿成听了直挠头发，都怪我，都怪我。

黄瑞生摆手说，要怪就怪温良太诡诈，这也提醒我们往后要更加小心。

刘爱群说，我感觉温良不会就此罢休，就是再小心，他们也会找借口，往后刑讯逼供的事情还会不断发生，后果也会越来越严重。

监狱里党员和党的外围有几百人，如果任其下去，温良就很可能攻其一点突破全部。黄瑞生听出刘爱群的担心，就对他和狱友们说，怎么能任其下去呢？怎么办？道高一尺魔高一丈，组织起来跟温良他们斗争。

黄瑞生说得很坚决，但囚犯连大小便都不出监舍，又如何组织呢?

从狱友的眼神里黄瑞生看到了他们的疑虑，沉吟片刻后才说，我考虑了一个办法，温良既然拿刘先生做文章，我们为什么不呢? 说到这里，黄瑞生看了眼郭阿成。

郭阿成说，我做什么，黄先生尽管吩咐。

黄瑞生笑了，我说了怕你跟我急。

郭阿成说，我性子是急了点，不过黄先生放心，这次就是天塌下来，没有你的吩咐，我也绝不乱动乱说。

黄瑞生说，郭牢头你记得不? 刘先生送回来时，你责问这不是想要了他的命? 有个狱警说，监狱这么大，死个把囚犯温良的上峰是不会过问的，死了也白死。因为这话，你还气得举起了拳头。

郭阿成说记得。

黄瑞生说，死个把囚犯不过问，几十个、几百个呢? 温良的上峰还能不过问吗?

有个狱友说，真要死了那么多，温良上峰肯定骂他无能，他这个所长也就当到头了。

黄瑞生说，我们就是要他担心这个。

这倒是温良的一个软肋，狱友们兴奋起来，但怎么才能让他有这个担心呢?

罢饭。

黄瑞生斩钉截铁地说。

罢饭即绝食。

10月16日早饭时，由黄瑞生提出并领导的罢饭斗争终于拉开大幕。

罢饭目的很明确——吃白米、去锁镣、给放风。喊出的口号是：改善政治犯待遇，不准随意毒打犯人，撤换看守所长温良。

此前监狱特支委曾组织过狱中斗争，从审讯刘爱群的情况看，温良一直在暗查狱中地下党组织，特支委的几位领导很可能已被怀疑。从保存力量考虑，黄瑞生提出除了他自己，其他领导都不参加“罢饭”的组织领导工作。理由是，他入狱最晚，此前他还不曾组织领导过狱中斗争，敌人最不易察觉。其实他很清楚，温良不是不怀疑他，但也只是怀疑他是中共南京市委书记，在温良看来，即使真的就是，刚入狱的他也不太可能联系上狱中地下党。

所以黄瑞生在说服了特支委的其他领导后，并未动用特支委的其他联络渠道，而是通过自己刚刚建立起来的李福极这一渠道联系各个监区。他相信这一渠道至少目前还很安全，否则早就逮捕李福极了。

后来的事实证实了黄瑞生的判断。

通过李福极，黄瑞生巧妙地联络了江英城、余汛宇、朱恩伦、吕式桥、沈庭桢等同志。10 月 16 日一早，当外役送去了早饭，他们按照“掷碎碗钵，全体罢饭”的约定，几乎同一时间把饭碗都掷到了地上。罢饭斗争就此开始了。

温良正在吃早饭，突然接到内容一样的报告，称全体囚犯开始绝食。这些日子，对怀疑重点对象的监控一点也没放松，囚犯不给放风，大便也不出监舍，组织全体囚犯绝食，监狱地下党如何做到的，温良百思不得其解。

丢下饭碗赶到办公室，几个狱官已经等着了。温良问重点监控人员有无异常。狱官众口一词，都说无异常。无异常？他嘀咕着在办公桌前走了两个来回才站住，似有不甘地问，都绝食了吗？牢头呢，给他们白米饭也绝食？

这一问提醒了狱官们，都说牢头大多没有绝食。

温良眼球子转了转，问郭牢头的情况。狱官说，一直盯着他，也没有绝食，他甚至还想多要一碗米饭。

牢头都是刑事犯，伙食又不同于其他囚犯，不参加罢饭很正常。但对于郭阿成，温良还是觉得哪里不对劲。他的感觉没错，郭阿成之所以如此，是黄瑞生事先的安排。这两三个月里，牢头们在地下党的说服教育下，大多有所转变，不再做监狱虐待囚犯的帮凶、打手。这次罢饭黄瑞生提出仅是一种斗争方式，避免狱友出现意外。牢头不参加罢饭，不仅是蒙蔽温良，更省下“牢头饭”悄悄给重病号。

如此睿智周密的组织安排，毫无准备的温良怎么会想到呢？

其实，温良监控的对象没有错，他们大多是地下党，只是按照约定，这次罢饭都在蛰伏中。当然他更不可能想到，李福极这个曾经的囚犯竟然是这次罢饭斗争的联络员。

谁在组织领导这次罢饭，又是通过什么渠道联络了整个监狱的囚犯？这些都是在眼皮子底下发生的啊。

一想到这个温良就心惊胆颤。

他掩饰住内心的慌乱，努力保持着往日的威严，下巴抬了一下，就在狱官和狱警们的簇拥下，硬着头皮往监区的罢饭现场走去。

没想到绝食现场比狱官们报告的还要可怕。狱官只给他报告了囚犯“吃白米、去锁镣、给放风”的要求，但到了监区还听到了令他胆颤的口号。

改善政治犯待遇！

不准随意毒打犯人！

撤换看守所长温良！

只要走近监舍被囚犯看见，冲着他的口号声就不绝于耳。他铁青着脸回到办公室，刚坐下，他的上司就来电话，问他监狱囚犯绝食情况。他没敢如实报告，只说是一些囚犯闹绝食，提出改善待遇要求。上峰很不满地训斥他疏于防范，命其迅速平息，查出组织者。

丢下电话，他有点气急败坏，问是谁向他的上司报告的。狱官们都说没有。那又是谁呢？罢饭刚开始，消息就传出去了，而且还传到了上司的耳朵里。能做到这点的只有监狱里的地下党。

这太可怕了。

次日罢饭在继续。温良命狱警们继续暗中监视重点怀疑对象，他不信狱中地下党就不露一点蛛丝马迹。但一直到了晚上，一点线索没有发现。

到了第三天，罢饭仍没有停止的迹象。上司又来电话问情况。温良知道自己无法平息绝食，更不可能在短时间内查出罢饭组织者，不再隐瞒，如实报告完罢饭情况，说，这帮囚犯想绝食就让他们绝，看他们能支撑几天?

上司有点恼火说，再继续绝食，你知道会有什么后果吗?

温良说，囚犯连监舍门都出不了，能有什么后果?想折腾也只能在监舍里折腾。

上司被激怒了，斥责温良无知，说这次囚犯绝食是监狱里的地下党组织的，更可怕的是，种种迹象表明他们与监狱外面的地下党已有联系。这还只是在监舍里折腾吗?

温良望着电话，就算不只是在监舍折腾又能怎么样?

这话他没敢说出口，哈着腰问，那，那会是什么后果?

上司说，什么后果?监狱牢饭是“五子饭”，监舍环境恶劣，囚犯生病不治疗，对囚犯的这些虐待已经随着绝食在社会上不胫而走，你知不知道新政府要面对的舆论压力有多大?

温良尴尬地嘿嘿笑。

上司对温良不以为然的态度很不满，继续说，绝食三天对于健康的人还不至于酿成多大后果，但再想不出办法平息，囚犯继续绝食下去，可能就会惹出大麻烦，果真如此，你这个所长也就做到头了。

温良倏地愣住。

会惹出什么更大的麻烦呢?

挂了电话，温良把狱医找来，问囚犯继续罢饭会有什么后果。狱医很少得到温良的重视，想了想就认真地告诉他，当人停止进食，人体会缺乏钠，钠的缺乏在早期症状不明显，倦怠、淡漠、无神，甚至起立时昏倒。在绝食三日后，饥饿感会减少甚至消失。人体会以其他方式维生，如由肝脏抽取肝糖转化为葡萄糖，或从脂肪中抽取脂肪酸。由于脑部及神经系统需要葡萄糖，葡萄糖产生酮，绝食三天后，脑组织需要的葡萄糖，就要动用蛋白质组织。蛋白质的流失就会导致死亡。

温良听得似懂非懂，不耐烦地摆手，让狱医举例说明。

狱医想了想就举例说，北宋的杨业中箭堕马被俘，绝食三日而死；元兵陷兴化，陈文龙被俘后绝食而死；清顺治二年，南明礼部尚书兼东阁大学士高宏图于会稽绝食九日而亡；南明亡后，左都御史刘宗周绝食二十三日死。

温良舒了口气说，三日而死的也只有杨业一例。

狱医说，温所长有所不知，杨业绝食三日而死，可能还有中箭受伤没得到治疗的原因。

温良嫌狱医啰嗦，有点不耐烦地问，我们囚犯有中箭受伤的吗？

狱医说，没有，但病号不少，尤其是重病号，继续绝食很难保证不出现意外。

温良问有多少重病号。

狱医说，每个监舍都有重病号，大概百十人。

温良耳边又想起了上司的话，心里不免担心。他并非担心死个把病囚，担心的是这百十个重号病囚出现意外。上司提到了“五子饭”，那就意味着对他克扣囚犯伙食费不是不知道。上司说，如果绝食继续，惹出大麻烦，他的所长就做到头了。

所长是块肥缺，落入别人之手温良当然不甘心。他首先想到的就是动用武力平息罢饭。他想，躲在幕后的地下党再不跳出来，囚犯群龙无首，一定会被武力征服；地下党如果跳出来了，那更是他所希望的，他可以就此顺藤摸瓜捣毁监狱里的地下党组织。温良为自己的如意算盘兴奋起来。他甚至骂自己沉不住气，竟然被突如其来的罢饭弄懵了头。

午饭时，监狱里的所有狱警全部手持棍棒来到各监舍，举着木棒大声吆喝、斥责囚犯，试图弹压罢饭。没想到引起囚犯更强烈的反应，抗议声、口号声不绝于耳，有的狱警试图棒打囚犯，反倒被囚犯一拥而上，扭住撕打。狱警从未见过囚犯如此抗争，纷纷退到监舍门外，门内外双方形成对峙局面。

温良亲自来到监舍，特别注意黄瑞生等人的举动。让他不能理解的是，黄瑞生竟然袖手旁观，一点也看不出与罢饭组织者有什么关联。他有点沮丧，迫不及待地问其他监区情况，得到的报告也让他失望，都与三监区无异。

黄瑞生的预判和周密组织安排，已经取得了令人满意的效果，再继续把饭“罢”下去，温良的上司也会坐不住。到那时不怕温良不妥协。但温良岂是善茬，除了狠毒，还很狡诈，岂会善罢甘休。

动用全部狱警无果，温良干脆打电话给上司，如实告知弹压不住罢饭，有点撂挑子的味道。如他所料，上司也有点不知所措，说这是你监管不力造成的，你自己想办法。他就提出调军警进驻监狱。上司有种被温良牵着走的感觉，但也无他法。

当日傍晚，大批军警就进驻监狱对罢饭囚犯进行镇压。

不再是监舍门里门外的对峙，而是双方的殊死搏斗。军警们进驻监区，在狱警的引导下冲进各监舍，拘出他们认为带头罢饭的囚犯另行羁押，朱恩伦、陈政齐共产党员也在其中。军警的行为遭遇到全体囚犯的顽强抗争，虽然饥肠辘辘，他们仍用双手和牙齿与荷枪实弹的军警搏斗。

哨声、喊叫声在十字监房的高墙里一直持续到次日凌晨。

第十五章
转押镇江
“军法会审”

囚犯几乎都参加了罢饭，虽然另行羁押朱恩伦等囚犯，但温良心知肚明，真正的组织领导者另有其人。

真正的组织领导者一定就是那几个羁押在十字监房的共党重要领导，其中黄瑞生是温良怀疑的头号人物。狱中地下党带领囚犯抗争曾不止一次发生过，但蹊跷的是这次几乎都没出头。想到近期监狱里的变化都是在黄瑞生入狱后发生的，冷静下来的温良，越想越觉得这次罢饭斗争狱中地下党改变了策略，其幕后组织领导者与黄瑞生不无关系。

黄瑞生却没留下破绽，严刑审讯了朱恩伦等另行羁押囚犯也无果。不甘心的温良，罗列罪名将黄瑞生等同志起诉到法院。72人被加判了徒刑，而黄瑞生没有加判刑期证据，则以“在场助势增援，并称监所内幕黑暗，激动彼等公愤，致有此举”作结，将原来羁押两日折抵徒刑一日的规定废除，以此来延长黄瑞生的刑期。

温良和他的上司心里都清楚，即使这样，监狱里的地下党也只是伤了点皮毛。尤其是黄瑞生，虽是以中共南京市委书记身份被捕的，却因证据不足无法确认，法院不得不依据“危害治罪法”来判刑，只判了一年零六个月。这样的囚犯，就像烫手的山芋，握不住又甩不掉。

温良长期克扣囚犯伙食费中饱私囊，黄瑞生关押第三分监就成了他发财的绊脚石。从他自身利益出发，黄瑞生尽早离开监狱倒是他希望的。但他心知肚明，黄瑞生这么重要的囚犯当局不可能轻易放过，只要没有解除对他中共南京市委书记身份的怀疑，即使刑满也无释放可能。所以，这次以废除羁押两日折抵徒刑一日来延长黄瑞生的刑期，也就是解了一时之气而已，并无什么实际意义。

温良当然不会就此心甘。

黄瑞生因为身份“疑似”，江苏省高等法院对他判刑依据的是《中华民国危害治罪法》。此“危害治罪法”无死刑，这类犯人判的刑期再长，一般都在同一监狱服刑。但当局宁可错杀也绝不放过重要“疑似”政治犯，用“军法会审”作为“危害治罪法”的补充。

当时接受“军法会审”的囚犯都要送到镇江（1929年8月2日江苏省会迁镇江）另行羁押，而且凡是被“军法会审”的囚犯，当局可以任意迫害，最后多被处以死刑。想到了这个，狡诈的温良一改冷酷面孔，恢复放风，改善伙食，监管松懈，但暗地里对黄瑞生等人的监视却更加严密。更阴毒的是，温良还对少数囚犯引诱拉拢，为他收集提供有关监狱地下党的活动情况。

温良的外松内紧策略收到了效果，个别囚犯很快就为他所用，而另一方面，监狱条件的改善也使不少囚犯以为是斗争的结果，有所松懈。时隔不久，温良就收到密告，说是在监舍里有地下党文件出现。

温良立即进行大搜查，果然在囚犯中搜出了党的文件，其中包括黄瑞生。有了这一证据，虽然还不能确认黄瑞生中共南京市委书记的身份，但作为中共党员确定无疑。温良如获至宝，马上向上司报告。不久，温良如愿以偿，黄瑞生和其他 22 名“要犯”就被解送到镇江“军法会审”。

转押镇江的同志都是上海、南京及江苏各地党的领导骨干，早就是敌人谋害的对象。当时的镇江虽是省会，但没有完善的看守所，转押到镇江的 23 名同志分别关押在不同地方。其中黄瑞生和陈政齐、刘纪平被关押在麒麟巷的一间普通民房里。这间普通民房正面的窗户被钉死了，门一关上，即使白天屋子里也很暗。黄瑞生和陈政齐、刘纪平都很清楚，这里很可能就是他们人生的最后一站。

因为这是普通民房，所以一般人不知，又有侦缉队的十几个警察轮番看守，除了送牢饭或提审，黄瑞生他们几乎与世隔绝。提审有时在旁边的屋子里，更多的则是用警车押送到镇江警察局“会审”。每次从警察局回来，他们每个人都遍体鳞伤。

三番五次地“会审”无果，敌人就不再提审了。

敌人就此放过了？刘纪平有点奇怪。

陈政齐也有同感，说这里又不是监狱，敌人既然不提审了，为何还把我们关在这里？

黄瑞生抖了下手镣，指着脚镣轻轻摇头说，手脚都上了铁镣，我们这是重犯“待遇”，“会审”停下半个多月了，本该有个结论，却既不给我们加刑期，也不转到监狱关押，还在这个临时牢房里待着，这意味着什么？

陈政齐、刘纪平都点头，神色严峻起来。

一天天过去，在这间白天也是黑漆漆的屋子里，他们等待着，相互鼓励着，随时准备着为自己所奋斗的事业献身。

就在他们等待着最后的时刻，江苏各地党组织迅速发展壮大。据资料记载，这年的8月全省党员有6800多人，比省委成立之初增加了3倍，而到了年底，仅仅3个多月时间，党员数量则迅速增加到了8994人。724个党支部遍布全省各地，反对国民党蒋介石反动当局的斗争此起彼伏，敌人也更加疯狂地到处搜捕共产党、进步人士及革命群众。一时间，各地监狱囚犯饱和。

这天上午，麒麟巷临时监狱还没到午饭时门就开了。

黄瑞生他们有点诧异，平时除了提审，就只有送牢饭才会开门。半个多月没提审了，该不会是到了最后的时刻？三个人相视后就一起望向门外。逆光里走进来一个人，光线有点刺眼，白晃晃的，还没看清楚，门“哐当”一声关上，眼前又恢复了黑暗。

片刻后看清楚了，这个人衣衫褴褛，原来是刚被捕的新狱友。

这个新狱友叫马达，是镇江本地人。黄瑞生扶着他坐下后，就问起了外面的情况。关在十字监房时，外面的情况都是通过地下党秘密渠道传递进监狱的，但转押到镇江麒麟巷这间普通民房后，就一点信息也没有了。

马达不是党员，党内的很多情况并不清楚，但他还是很兴奋地把自己知道的一股脑地告诉了黄瑞生他们。

转押到镇江的这两个月里，省内规模较大的武装暴动就有两次：一是南通县委领导红军游击队和农民5000多人攻打汤家苴，烧毁地主田契、租约、借据，没收其粮食和衣物，还处决了反动民团头子、大地主汤廉臣。二是武进县委书记管文蔚领导前黄一带农民暴动队举行武装暴动。除了武装暴动，党领导的其他斗争也在各地此起彼伏，其中影响较大的有徐州贾汪煤矿爆发大罢工，工会当晚通电全国，在各地支持下，资方被迫答应工人的要求。武进(常州)县委领导大纶纺织厂工人罢工，要求恢复被减发的工资，斗争取得了胜利。还有就是镇江本地的大港农民暴动。

马达是镇江大港农民暴动的亲历者，说到这次暴动他显得特别激动。

大港暴动是党组织领导的反对当局丈量土地和增加田赋的斗争。这次暴动的起因和过程概况如下：

1929 年秋，国民党镇江县政府土地局在当地恶霸地主、丹徒十八乡总董事夏伯安的配合下，对当地田亩进行“丈量”。凡经“丈量”过的土地，老亩折市亩，每亩多计二三分，原来不计面积的山地、河塘也强算面积，无形中逼迫农民向地主多交租，向政府多完税，激起各地农民的强烈不满，由开始的零星反抗发展为群体斗争。农民的抗争遭到了大港公安局的镇压，抗争的农民被毒打、拘捕。为了维护农民利益，党组织发动部分农民骨干在华阳观集会，推举代表，研究暴动计划，还派人对大港公安局、夏伯安住宅等处进行周密侦查。

暴动当天下午 5 时许，村村巷巷锣鼓震天（农民暴动铜锣现收藏于中国革命历史博物馆）。姚桥、埤城、华山一路的农民队伍数千人，每人手执一股香、一把草，有的带着钉耙、锄头、铁锹，像火龙一般浩浩荡荡地经坦王、马墅涌进大港镇。驻大港的军警惊恐不已、逃匿一空。暴动队伍利用当地“用香火烧死人不犯法”的民俗，高呼“一人一股香，火烧夏伯安”等口号，捣毁大港公安局和土地复查组办事处，烧毁全部文卷、档案，抄出步枪九支、子弹 500 余发，砸碎拘留所门前的灯笼，砸开牢门，救出拘押在此的农民。然后，暴动队伍团团围住拘留所隔壁夏伯安的住宅，搭人梯翻进围墙，打开大门，有的扒房顶，有的烧衣服、毁家具，但不准一人乘机掠入私囊。大火烧了一夜，夏伯安家前后五进房屋化为废墟。当局慑于农民暴动的威力，不敢再轻举妄动，苦心经营数月的“土地丈量”，也只好偃旗息鼓，不了了之。

但后来，当局却以其他罪行逮捕了很多与暴动有关联的进步人士和农民骨干。马达就是其中之一。马达对自己的被捕看不出丝毫的后悔，说到火烧县土地局驻大港办事处、冲击大港公安局、火烧夏伯安的住宅时，绘声绘色，还唱起了流传在大港一带的民歌：

一户一把草，一人一股香。
一齐上大港，火烧夏伯安。
先打公安局，后扒土地局。
百姓笑哈哈，土地老爷哭。
百姓猛如虎，警察发了慌。
吓得夏伯安，钻进芦柴滩。
烧掉鱼鳞册，天地扎下根。
官府要翻本，再烧县衙门。

黄瑞生受到了感染，跟着一起哼唱。唱罢，他就问马达了不了解这几个月来全国各地的斗争情况。马达说，朱毛红军知道一些，是在大港暴动前后听地下党同志介绍的。9月28日，中央向红四军发了指示信，肯定了朱毛红军坚持湘赣边界武装斗争的正确主张，指出红军的根本任务是先有农村政权后有城市政权。此后许多地方党组织都积极筹划组织武装起义，这两个月里，就有四个地区已经举行农民武装起义：四川省万源、宣汉边界的农民武装起义，创建了中国工农红军川东游击军。河南省商城南部的农民武装起义，创建了中国工农红军第十一军第三十二师。广西省右江农民军与警备第四大队、教导队举行百色起义，创建了中国工农红军第七军，成立了右江苏维埃政府。安徽省六安、霍山地区的六霍农民举行武装起义，创建了中国工农红军第十一军第三十三师和皖西苏维埃革命根据地。

听马达介绍了这些，黄瑞生抑制不住内心激动，急切地问他六霍起义的详细情况。马达略感诧异。陈政齐、刘纪平二人说，黄瑞生是安徽霍邱人。马达点头，原来黄瑞生这是心系家乡。

黄瑞生一直没有暴露自己的六安籍贯，不仅敌人审讯，就是狱友问他时，他也称自己是霍邱人。他见陈、刘二人说他是霍邱人，本想纠正，但话到嘴边就止住了。除了监狱特支委的几个领导，他一直没有公开跟自己身份有关的信息。

对对，我是安徽霍邱人。他笑着对马达说，霍邱离六安不远（霍邱现为六安市所辖县），只有 50 多公里。

马达也笑了说，难怪你这么上心。

马达便作了如下介绍：早在 8 月，安徽光山县就建立了县苏维埃政府（鄂豫皖苏区第一个县级苏维埃政权），自此皖西地区就闹起了“红”，各地党组织按照党的“八七”会议精神，酝酿实行土地革命和武装反抗国民党反动统治。11 月，中共六安中心县委在独山第四高等小学召开会议，决定组织农民起义暴动。8 日拂晓，独山周围 15 个乡的近万名农民，手持大刀、长矛、钢锥、土枪等从四面八方涌向独山镇，将敌自卫团驻地马氏祠团团围住。被围之敌见起义农民越来越多，纵火焚烧民房后逃窜。起义队伍占领了独山镇。组建了第一支工农革命武装——安徽红军第一游击纵队，后合编为中国工农红军第十一军第三十三师，建立了第一个工农民主革命政权——三区工农革命委员会。独山起义打响了六霍起义第一枪，霍山的西镇等地此后相继爆发了农民武装起义，掀起了六霍地区农民武装斗争的高潮，起义烽火燃遍了皖西大地。在六安、霍山、霍邱、英山、潜山、舒城相毗连的地区，创建了东起淠河，西接商南，南抵金家铺、水吼岭，北至白塔畈、丁家集，南北 200 多里、东西 100 多里、人口 40 多万的皖西革命根据地（为不久建立鄂豫皖根据地奠定了基础）。

黄瑞生想起了家乡那首曲牌为“八段锦”的古老民谣，情不自禁地哼唱起来。熟悉的曲调令马达诧异，问他哼的什么曲子。他说是民谣《小小鲤鱼跳龙门》。马达说，他听地下党的同志唱过，这首民谣的歌名现在叫《八月桂花遍地开》，是皖西各地苏维埃政权建立时传唱的民歌（后来这首民歌在大别山鄂豫皖苏区传唱开）。他激动起来，问马达会不会唱这首民歌。马达说，这么好听的民歌听一遍就忘不掉了。黄瑞生急切地请马达唱给他听。于是马达就唱了起来。

八月桂花遍地开，

鲜红的旗帜竖呀竖起来，
张灯又结彩呀咳！
张灯又结彩呀咳！
红色政权建起来。
……

第十六章
一串清晰的脚印

自从来了新狱友马达，麒麟巷的这间普通民房与外界就有了联系。

马达不是中共党员，普通犯人，不像黄瑞生他们手脚上镣铐，看守比较宽松，重要的是还允许其家人探监。黄瑞生觉得“有机可乘”，让马达通过家人了解这处民房特别是关押他们的这间屋子的周围环境。很快马达家人就察看清楚了，告诉他们，这间民房是一个四合院的厢房，院门外是街道，两边与其他民房相接，关押他们的屋子后墙外则是背街小巷，比较僻静。

马达不知黄瑞生为何了解这些，有天憋不住了问黄瑞生。黄瑞生问马达，想不想越狱。马达愣了一下，说他恨不得马上就出去投身革命。黄瑞生就望着陈政齐、刘纪平笑，说你俩不担心了吧?

原来转押镇江麒麟巷不久，黄瑞生就和陈政齐、刘纪平议论过越狱的事情。黄瑞生认为，关押他们的这个地方是民房，建筑上不具备监狱功能，只要弄清楚周围情况，越狱成功的可能性很高。当时陈政齐还说，即使这样，门外十几个警察把守着，我们还能破墙而出? 刘纪平也说，就算跑出去了，戴着镣铐怎么跑?

没想到就来了新狱友马达，而且还“有机可乘”。

现在马达问起，黄瑞生便把越狱计划告诉给他。马达听了兴奋得差点跳起来，说计划里让他办的事保证没问题，他的家人对国民党蒋介石政权不满，肯定配合。黄瑞生说，这个他信，但也不要小看了敌人，还要周密谨慎才是。

按照商量好的办法，马达让家人隔三岔五给他送吃的，并叮嘱家人每次都要给看守一点好处。马达平时不讲究吃喝，家人有点诧异，几次欲问又止。通过与马达家人的观察接触，黄瑞生觉得是时候了，就说了越狱计划。马达家人恍然大悟，表示积极配合。后来每次探监，只要送吃的用的，不是给看守塞大洋就是在篮子里多备一份酒肉。看守开始比较谨慎，每次照单全收也要仔细检查篮子，但几次过后松懈了，看也不看了，挥挥手就让马达家人拎着篮子进去。

见看守不检查了，马达家人就把锉刀藏在篮子底部，神不知鬼不觉地带了进来。此时已是12月底。按照计划，黄瑞生他们准备在除夕夜（1930年1月29日）越狱。还有一个月时间，他们首先要用锉刀将镣铐上的铆钉锉平，以便越狱时拔掉铆钉卸下镣铐，还要在背墙上凿开一个洞，这个洞还不能被发现，越狱时才可以完全凿通。

12月的天，黑得早，又寒冷，白色恐怖的镇江大街小巷空寂无人。麒麟巷临时关押囚犯民房里，除了侦缉队的警察还在喝酒打牌，吃了牢饭的黄瑞生他们已经上床睡觉了。看守乐得如此，囚犯早早休息，他们只需一人轮留值岗，其他的就可以聚在一起喝酒、赌博或者出去找乐子。

关在里面的囚犯哪里是在睡觉？ 黄瑞生、陈政齐、刘纪平其实都躲在被窝里锉镣铐上的铆钉，而马达则在负责听外面的动静。 十几天过去，镣铐上的铆钉终于锉平了。

拔掉铆钉卸下镣铐，他们抑制不住地挥起了拳头，然后就开始在后墙上凿洞。 天快亮了，藏好锉刀，把凿掉的墙砖复归原位，又重新戴上镣铐插好铆钉。 天亮了，看守送牢饭进来时，他们或躺或坐，打着哈欠，个个睡眼惺忪。

扫一眼黑乎乎的屋子，看守大声吆喝，开饭开饭了，毫无察觉。

又过去十几天，墙洞凿通了。

凿墙洞的同时，黄瑞生通过马达家人与地下党、上海互济会取得了联系。 得知黄瑞生他们计划越狱，党组织紧锣密鼓地做着越狱的接应准备，上海互济会也为他们的越狱提供了资金支持。

万事俱备，只等除夕夜。

除夕这天，侦缉队留下几个看守值班，其他的都回家过年了。 傍晚，马达家人按照计划把酒肉送到麒麟巷招待那几个值班看守。 这一个多月里，侦缉队的看守们早已习惯了，这天又是除夕，就大口吃肉大碗喝酒。 酒足饭饱了，打着嗝，满嘴喷着酒气，歪歪扭扭地拱到值班室里猜拳赌博。

早上天就灰蒙蒙的，吃晚饭的时候，云层厚得压得人有点透不过气。 马达家人送酒菜进来时，有点兴奋地告诉黄瑞生他们，说老天爷正捂着雪，夜里会降下大雪，那条背街小巷本就僻静，更有利于越狱。

果然饭后便风雪交加。 大雪纷飞的天气，吃完年夜饭跑到屋外放鞭炮的市民不像以往那么多，鞭炮声也不是此起彼伏，而是东一声西一声，孤独地响着。

听到零碎的鞭炮声，黄瑞生对马达说，被你家人说中了，现在一定是下大雪了。

这间屋子密不透风，黄瑞生也没看见，怎么如此肯定？马达好奇地问，真的下大雪了？

陈政齐、刘纪平也望黄瑞生。

黄瑞生说，你们听，如果不是下大雪，年夜饭后放鞭炮的人哪会这么少？

几个人一琢磨，还真是这个理。马达高兴起来，问黄瑞生，还要等到下半夜？

黄瑞生摇头，现在看守刚吃过饭，上半夜应该不会睡觉，而且现在通往外面的小巷也不能保证就没有人，还是下半夜比较稳妥。

只有几个小时，却比几年还难熬。

到了下半夜，越狱开始了。按照事先说好的顺序，黄瑞生应该先走。这是陈政齐提的建议，说黄瑞生被“疑似”为中共重要领导，且在罢饭斗争后被搜出了党内文件，他们四个人中是敌人最先要杀害的人。但抽掉砖头打开墙洞后，黄瑞生却坚持让别人先走。

马达、刘纪平先后从墙洞出去了，陈政齐却不肯先走。黄瑞生劝不动，又不便耽搁时间，就第三个钻过墙洞。此时雪已停了，僻静的小巷里银装素裹，白皑皑一片。黄瑞生的脚刚踏上雪地，忽然传来清脆的狗吠。他望向前方，马达、刘纪平正踩着雪向巷口跑。可能是他们惊动了哪只狗。黄瑞生停下脚步，还没辨清在哪个方向，狗吠声就此起彼伏了。汪汪汪，汪汪汪，划破了寂静的夜空。

这是他们事先怎么也没想到的。

看守被狗吠惊动了，赶紧打开关押囚犯的房门。陈政齐还没越狱，来不及把墙砖复位，赶紧坐在墙洞跟前遮挡。看守发现屋子里只有一人，大声问陈政齐人去哪了。陈政齐揉揉眼睛，打了个哈欠，左右望望，咦，人呢？看守急了，掏出警笛，鼓着腮帮子拼命吹起来。

黄瑞生跟着马达、刘纪平正往前跑，听到警笛狂鸣，知道越狱已被看守发现。他焦急地回过头，却不见陈政齐踪影，也没见追赶的警察。他犹豫了一下，继续往前跑去。跑着跑着，就停下了脚步，蹙眉望着雪地上的脚印。他想，再这么跑下去，谁也跑不掉，有了这串脚印，跑得再远警察也会追踪到。为了跑在前面两位同志越狱成功，黄瑞生不往前跑了，而是边退边用衣袖抹平脚印。当他退到墙洞跟前时，里面隐约传出说话声。

此时的屋子里，几个警察正搜寻着四壁，边搜边诧异地嘀咕，这人怎么就出去了？难道他们会钻墙术？

还有一个警察在审问陈政齐，恶狠狠地问，他们怎么跑掉的你真不知道？

长官，要是知道，我还不跟着他们一起跑了？

一点动静也没听到？

晚上喝了点马达家里送来的酒，早早就躺下睡了。

酒坛就在脚边，那个警察拿过摇了摇问，他们没喝？

陈政齐说，还真不知道，我光顾自己喝了，再说这屋子乌漆抹黑的，也看不清楚。

其实那坛酒陈政齐刚打开，警察进来前倒出半斤左右，喝了几口，其他的泼在地上。他这么做是想搅乱警察视线，为黄瑞生他们争取时间。

卸掉的镣铐很快被搜到了，警察们这才盯住陈政齐的手脚望。审问他的那个警察踢了脚地上的镣铐，冷笑着说，陈政齐，你的镣铐自己卸掉了？

陈政齐蔑视地扫他一眼，哈哈大笑。

那个警察望着陈政齐一直倚在墙上不动弹，突然意识到了什么，气急败坏地上前把他拽到旁边。

一股冷风从墙洞钻进来，警察们都惊呆了。

墙洞外，雪地上有一串清晰的脚印。

第十七章
与他们一样

警察们沿着脚印追捕到了黄瑞生。

警察局撤换了侦缉队队长，陈政齐也另拘别处。仍关在麒麟巷的黄瑞生，三天两头遭到严刑拷打。黄瑞生被折磨得死去活来，但只字不吐。黄瑞生的身份、这次越狱的组织者、镣铐又是如何打开的，敌人没得到一点突破。

在一次提审中，狡猾的主审官突然拿出锉刀说，你们手脚上的镣铐是用这把锉刀锉开的吧？黄瑞生望着锉刀，不易察觉地微微一怔，但马上就镇定下来。

越狱前他反复叮嘱过陈政齐、刘纪平，一定要把锉刀带出去，当时刘纪平还有点不解，问为什么要带上，他说为了保护马达家人。记得自己退回到墙洞时，脚下雪地上丢着一把锉刀，几分钟前他出来时还没有，一定是陈政齐从里面掷出来的。他当时就意识到，危急之中，陈政齐也没忘记保护马达家人，并且还在里面与敌人周旋为他们争取时间。

主审官见黄瑞生望着锉刀出神，嘴角撇过一丝奸笑，不想说是吧？不为难你。不过，这把锉刀花了多少时间才把镣铐锉开的，总可以说说吧？

黄瑞生笑了起来，对主审官说，这个告诉你也无妨，锉一个人的镣铐要10天左右，三个人锉了一个月。

一个月？主审官有点惊讶，嘀咕着说，这么长时间我们的看守没发觉？

你们那些看守？黄瑞生讥讽说，他们怎么会想到我们睡觉时躲在被窝里锉镣铐？我看他们都是酒囊饭袋，给你长官大人丢人献丑。

黄瑞生这是故意刺激主审官。果然主审官变了脸色，冷笑着反唇相讥，你够聪明呀，逃出去了不还是被我们逮住了？为什么你不把雪地上的脚印抹去？

黄瑞生笑了，是呀，我不留下脚印或许你们就抓不到我了，不过，跑出去的又不止我一个，那两个不是跑掉了？

主审官突然意识到了什么，涨红了脸，拍桌子说，你，不要忘了，你们逃跑时慌不择路，丢下的这把锉刀会帮我们找到凿墙洞的地下党！

望着怒不可遏的主审官，黄瑞生悬着的心放下了，哈哈大笑。

主审官感觉是在耻笑他，却又不知为何，只得动用酷刑。

审讯持续一个多月，没得到半点有用的东西，但黔驴技穷的敌人也有所收获，那就是他们认定黄瑞生一定是中共的重要领导，否则地下党是不会费尽心思地凿墙营救。不久，敌人将黄瑞生转押到国民党的心脏——南京，囚禁在中央陆军监狱。

中央陆军监狱是1928年8月1日在国民政府军事委员会在北洋政府时期的陆军看守所的基础上改建而成的，设外东、外西、内西三监，总面积4582平方米，每监分12号，每号可关押16人以上。除了关押违反国民党军队纪律的军人，还有很多重要的政治犯也关押在此。作为军法会审的要犯黄瑞生，知道自己绝无活着出狱的可能。在他生前的最后几个月里，这所监狱里关押的政治犯越来越多，如果不是隔三岔五地枪杀一批，这所监狱早已人满为患。

与他一起走上刑场的张惠如、傅天柱等同志就是这一时期被捕入狱的。他从狱友们带进来的信息里得知，随着革命高潮的到来，我党这一时期对敌斗争策略做了重大改变，但国民党反动政府的剿杀镇压也愈加疯狂残酷。身陷牢狱的他，既为革命高潮的到来而激动，也为无数共产党人遭到敌人残害而惋惜。

在他与张惠如、傅天柱、夏东山、郭振青牺牲的20天前，中共南京市委军委准备组织百余人，在南京总统府的大楼下开挖一条地道，用炸药爆破总统府。这一行动将要开始时失密，准备参加这一行动的百余名同志全部被捕。敌人为了得到南京地区中共地下党的组织机关和领导人员，对暴露了身份的20多位共产党员逐个严刑拷打，坚强的共产党员们个个都被打得皮开肉绽，仍坚贞不屈，视死如归，一概都以不知道回答。其中年仅21岁的冯菊芬同志，衣裳被皮鞭抽烂了，浑身血肉模糊仍坚称不知。敌人问她，你这个女共党，也不知道你的顶头上司吗？冯菊芬坚定地说，不知道！就是不知道！敌人问她，你是一个小女子，不要跟他们一样嘴硬，你能受得了吗？她说共产党员，男女都一样。敌人用烧红的火钳子烙她的脖子、肩膀，她也没不屈服。次日，也即1930年的9月4日，她和被捕的百余位同志被押往雨花台一起杀害。临刑前她让敌人松绑，说是有话要说。敌人以为她怕死要交代，松开绑绳，她猛然冲到执行枪杀的军官面前连打了几个耳光，大骂国民党反动派镇压人民、卖国求荣，并高呼“打倒军阀蒋介石”“中国共产党万岁”。当时的《上海时报》《时事新报》《新闻报》等报刊为此专门做了报道。

这是发生在身边的事件。消息传进监狱，黄瑞生被冯菊芬等同志的坚强不屈所感动，但同时又有一丝焦虑。想到越来越多的同志被敌人杀害，他在心里打了一个问号，地下党在敌人心脏里组织百余人炸总统府，这种极端的斗争方式是革命的需要？

他把自己的焦虑说给了张惠如、傅天柱。

张惠如、傅天柱与他的心情一样。面对共产党人的被捕，张惠如、傅天柱也在反思，难道革命高潮的到来，就是以大批同志被敌人杀害为代价？何况付出这样的代价也未取得实质性的成效，就像南京市委组织的挖地道炸总统府一样。傅天柱被捕前的身份是一个富商，活动于沪宁一带，虽然他的被捕是由于叛徒的出卖，但类似“炸总统府”的行动也耳闻目睹了不少。张惠如被捕前是中共南京市委委员、晓庄师范支部书记、学生会主席，他在 6 月 22 日指挥飞行集会时被捕，因为“炸总统府”牺牲了百余位革命同志，他联想到自己指挥的飞行集会，同样也有许多同志遭到敌人逮捕，触动很大。

这也正是许多共产党人当时共同的焦虑和疑问。此时，中国共产党遇到了生死转折关头，以李立三为代表的“左”倾冒险主义错误在党中央占据了统治地位。

李立三“左”倾冒险主义的形成还要追溯到 1929 年。1929 年 10 月 26 日，共产国际给中共中央来信时就断言，“中国进到了深刻的全国危机的时期”，“现在已经可以并且应当准备群众，去实行革命地推翻地主资产阶级联盟的政权，而建立苏维埃形式的工农独裁，积极地开展着并且日益扩大着阶级斗争的革命方式”。认为“盲动主义的错误，已经大致纠正过来”。受来信影响，1930 年 1 月 11 日，中共中央政治局通过决议，表示“日前全国的情形，正如国际来信所指出确已进到深刻的全国危机的时期。”“革命形势的速度，即实行武装暴动直接推翻反动统治的形势的速度。”“我们必须如国际所指示，在现在就准备群众，去实现这一任务，并积极地开展和扩大阶级斗争的革命方式”。

1930 年 5 月，蒋冯阎大战爆发，这是规模空前的新军阀大战。主持中共中央工作（周恩来已去苏联向共产国际报告工作）的李立三等认为革命危机已在全国范围内成熟。在 6 月 11 日召开的中共中央政治局会议上，通过了李立三起草的《新的革命高潮与一省或几省首先胜利》的决议案。这个决议案的“左”倾冒险主义表现在：第一，对形势作了根本错误的估计，认为中国革命和世界革命都到了大决战的前夜。第二，主张在实际工作中已不再需要逐步积聚和准备革命的主观力量，因为群众已经不要小干只要大干，也就是只要武装暴动，而且是全国性的武装暴动。第三，坚持“城市中心论”，强调“无产阶级的伟大斗争，是决定胜负的力量，没有工人阶级的罢工高潮，没有中心城市的武装暴动，决不能有一省与几省的胜利”，批评“以乡村包围城市”是一种“极错误的观念”，“过去的游击战术”“必须根本地改变过来”。第四，混淆民主革命和社会主义革命的界限，认定“资产阶级已经是反动联盟的一部分”，主张革命如果在一省与几省首先胜利，“要没收中国资产阶级的工厂、企业、银行”，并且“必然需要从工农专政进到无产阶级专政”。在这种错误思想指导下，李立三等制订了以武汉为中心的全国中心城市武装起义和集中全国红军攻打中心城市的计划。重点是武汉暴动、南京暴动和上海总同盟罢工，并要求各路红军“会师武汉”，“饮马长江”。

这次“左”倾错误在党内统治的时间虽然只有 3 个多月，但党为此付出了惨痛的代价。国民党统治区内，许多地方的党组织因为急于组织暴动而把原来的有限力量暴露出来，先后有 11 个省委机关遭受破坏，武汉、南京等城市的党组织几乎全部瓦解，红军在进攻大城市时也遭到很大损失。

虽然他们焦虑疑问，但信念不变，对党的忠诚始终如一。

当然也有不甘。

张惠如，原名俊光，又名石俊、冠千、劲弹。江苏如皋人。1923年考入中共江苏省第二代用师范学校（即如皋师范学校）。1926年参加中国国民党，翌年初加入中国共产党。1927年底，因积极参加革命活动遭校方开除。1928年2月，到南京晓庄师范学校学习。同年夏，任中共晓庄师范支部书记，当选为学生会主席。1930年4月，为支持和记工厂工人的罢工斗争，他担任学界大游行的副指挥。6月初，任中共南京市委委员。

傅天柱，号玉峰，又名扈天柱、楚一。幼时聪明好学，胆大过人。1925年，在姨父经营的重庆“开文石印馆”工作。1926年参加了劳工互助社和共青团，在莲花池国民党左派省党部做工会干事。1927年3月31日，中共重庆地委书记杨闇公在打枪坝广场召开群众大会，他负责维持会场秩序。1928年化名扈柔参加共产党，到上海主办《峡潮》《蜀文通讯社》，进行革命宣传。1930年受党派遣，以富商身份活动于沪、宁一带从事地下工作。

张惠如、傅天柱分别小黄瑞生3岁、2岁，都是20岁刚出头的年轻人。他们的经历不同，但有一个共同点，都是入党后在不长的时间里迅速成长为党的骨干。事业才刚刚开始，劲才刚刚使上，怎么能甘心就这么早早抛下他们为之共同奋斗的事业。

或许敌人看出了他们的不甘，“创造”一切机会给他们以生的希望。有一天，监狱长来到号房，当着张惠如、傅天柱他们向黄瑞生宣读了一份判决书。这是江苏高等法院根据最高法院的指令而做出的复审判决，将黄瑞生的刑期改判为三年。

不是这一改判，黄瑞生差点忘了一年前他曾上诉过。作为中共南京市委书记，刑期只判一年零六个月已是逃过了一劫，绝无上诉必要。当初他之所以反其道而行之，是一种斗争策略，目的是扰乱敌人，对叛徒王昭平的供词不完全相信。这一策略产生了一定的效果，直到他牺牲时敌人对他的真实身份都不能确认。当然他也没有祈求上诉会得到回应。

但现在，一年前的上诉突然有了回应，敌人是何目的？

监狱长宣读完判决书，嘿嘿笑着说，当初你要是不上诉，现在差不多就刑满释放了，可惜呀，在这你还要再蹲个一年半载才能出去。

监狱长说得一点不错，如果不是重审改判，黄瑞生确实可以刑满释放了。但敌人何时释放过共产党？ 何时释放过“军法会审”的共产党嫌疑犯？ 所以，敌人是无需用加判刑期的办法继续羁押他的，除非解除了对他真实身份的怀疑。 这可能吗？ 黄瑞生暗自摇头。

监狱长见黄瑞生不动声色，又说，你还记得吧，去年苏州十字监房闹“罢饭”，所长温良错把你当成组织者，结果他现在被撤换掉了。

这倒是一个不错的消息，但温良被撤不可能仅仅因为他，一定是十字监房地下党不屈不挠坚持斗争的结果。 黄瑞生哈哈大笑，讥讽说，监狱长，你可能不知道吧，撤温良就是当初“罢饭”的条件之一，你们认输了？

监狱长尴尬地笑笑，眨着眼睛说，我们是民国政府，讲法律、重证据，他没查到真凭实据就向上峰报告你是组织者，不撤他撤谁？ 也正因为讲法律、重证据，这次最高法院重判，认为当初判轻了才延长你的刑期。 有了这次重判，你也可以放心睡大觉了，不用为生死纠结了。 不过你的真实身份我们还在甄别，一旦有确凿证据证明你就是中共南京市委书记，你跟他们一样，也要去雨花台吃枪子。 这是迟早的事，我看你还不如主动一点，如实向政府坦白，或许还有生路。

无人吱声，都望着监狱长。 监狱长暗自兴奋起来，以为自己的话起了作用，又对张惠如、傅天柱说，当然了，你们也一样，只要放弃那个什么主义，主动向政府认错，不再跟政府作对，政府同样也会给你们一条生路。 你们都年纪轻轻的，要是就这么结束一生，多可惜！

说完了吧？ 傅天柱问监狱长。

监狱长眼皮子翻了一下说，难道我说得还不够清楚？

傅天柱哈哈大笑，不就一个死字吗？ 人固有一死，有的人死了还活在人们心中，精神永存，而有的人活着，却早已是行尸走肉，猪狗不如。监狱长，你属于哪种人呢？

监狱长的脸涨成了猪肝色，又问张惠如，你也不怕死？

张惠如鄙夷地说，你觉得我会贪生怕死吗？我们共产党人头可断、血可流，信念不可丢，我劝监狱长，不要再装腔作势演戏了，还是赶紧去向你的上司报告吧，就说我们已经做好了准备，随时都可以赴刑场就义。

听了这话，监狱长像泄了气的皮球，抬手揩着额头沁出的细汗，目光落在了黄瑞生脸上，你呢？

我？黄瑞生嘿嘿一笑，指着监狱长手上的判决书讥讽说，监狱长，我刚才没听错吧，你们增加了我的刑期，不过就是多蹲个一年半载的牢，也烦转告你的上司，这个准备我也做好了。

你，你——监狱长气得将判决书甩在地上，恶狠狠地说，你们一个个都不识好歹，这可是你们的最后机会！说罢悻悻而去。

第十八章 八月桂花遍地开

1930 年 9 月 20 日，午夜刚过，监狱长领着几个持枪的宪兵来到监狱。守卫打开号房过道的铁门，发出的声音刺破寂静的夜空。

狱友们醒了。

敌人这是又要杀害我们的同志了。

长长的过道里只有脚步声，在无数双眼睛的注视下，监狱长领着宪兵来到黄瑞生所在的号房门口。

黄瑞生与狱友们默默相视，他们心里都很清楚，这次遭到敌人屠杀的同志就在他们之中。铁栅门开了，站在门口的监狱长干咳一声，冲着号房里宣读首都卫戍司令部的处决令。不出所料，黄瑞生、张惠如、傅天柱均列其中。

这在他们的意料之中，并且早就为这一天的到来做好了准备。

傅天柱留下了一张便条：“九月二十日，扈楚一为共产党尽忠于南京雨花台”。他事先已买通一名看守，在自己就义这天把便条送出监狱，交给一个叫韦经邦的同乡。而张惠如则在监狱长宣读完处决令，便不紧不慢地用手指梳了梳头发，然后就悲壮地吟诵起谭嗣同那首《狱中题壁》中的诗句：“我自横刀向天笑，去留肝胆两昆仑”。

监狱长早已习惯了。这样的场面他见过无数次，行将处决的共党个个都大义凛然，高呼口号的，痛骂国民党的，写绝笔信的……

但此时的黄瑞生却令监狱长诧异。

他闭目盘腿坐在床铺上，好像处决令跟他没有关系。这在监狱长的记忆里，共党被处决前还没有哪个像他这样。难道他不是共党？如果不是，一个普通百姓死到临头了为何还看不出一点冤屈？

黄瑞卿！

他抬高嗓门叫了黄瑞生的名字。

黄瑞卿——黄瑞生轻轻念叨着自己的这个化名，嘴角撇过一丝笑意，慢慢睁开眼睛望监狱长，你叫我？还有什么要说的吗？

监狱长暗自摇头，心有不甘地说，处决令你没听见吗？

黄瑞生笑笑，听见了，无需监狱长提醒。

监狱长问，那你为何还无动于衷地闭着眼睛？

黄瑞生说，我在回忆我26年短暂的人生经历，这难道也犯法吗？

监狱长阴笑着说，原来你也知道你才26岁，一点不觉得遗憾？

遗憾？

监狱长指了指处决名单上的张惠如、傅天柱、夏东山、郭振青说，你本该再过一年半载就刑满释放的，现在却跟他们一样，马上就押去雨花台处决了。

黄瑞生轻蔑一笑，你们想抓谁就抓谁，想怎么判就怎么判，我去年被你们以共产党嫌疑犯逮捕，判了一年又六个月，两个月前你们改判为三年，现在又毫无证据地要处决我。监狱长问我遗不遗憾，这岂止一个遗憾，更让我看清了你们这个政府的丑恶嘴脸。

监狱长恼怒地打断说，我们政府不是没给你机会，上次就告诉你，只要你好好配合，不与政府对抗，政府就会给你出路。

黄瑞生讥讽说，难道监狱长不记得了，你当着我们大家的面说过，你们政府是讲法律、重证据的，连监狱长都承认，因为没有证据，你的同行“十字监房”温良都被撤职了，可这才过去几天，你们就要处决我，你们的嘴脸这不一下子暴露无遗了？不过，你们这么做，倒也成全了我，能跟他们一起共赴刑场，我不仅一点不感到遗憾，还很骄傲自豪。

监狱长怔了怔，眨巴眼睛问，就这还骄傲自豪？你莫不是傻了？

傻？黄瑞生笑笑说，两年前倒是有点傻，那时还相信国民党的“三民主义”呢，没想到你们居然屠杀跟你们一起北伐的共产党人。共产党跟国民党一起北伐，像我这样的青年学生是何等的兴奋呀，以为北伐成功了，一个新中国就将诞生。可谁又能想到，胜利后的硝烟还在弥漫，你们就突然调转枪口屠杀起共产党。我就想问了，你们是不是违背了孙中山的“三民主义”？现在的国民党究竟是一个什么样的党？

你，你……

黄瑞生继续说，不过，你们杀的共产党越多，觉悟的人也越多。不瞒监狱长，我在狱中有幸结识了很多共产党人，越来越感到共产党就是代表人民大众利益的，共产党的主张就是代表时代前进方向的，所以我告诉你，你们还像现在这样一意孤行，共产党迟早会推翻你们的反动政府，建立起属于人民大众的新政权，到那时，你们这些与人民为敌的人也将接受历史和人民的审判。监狱长，我现在很感谢你们，你们把我当作共产党处决，那是我今生的荣幸，因为共产党会记住我，人民会记住我，我死而无憾。

你，你……

监狱长怔住了，也糊涂了。

这是一个普通老百姓说的话吗？ 可黄瑞生说这番话时又明白无误地表明，他就是一个普普通通的老百姓。

监狱长就像输光裤子的赌徒，脸涨成了紫色。 他不停舞着双手，声嘶力竭地大叫，带走！ 带走！

狱友们脸上露出了笑容。 这笑容里有对敌人的蔑视，更有对黄瑞生的佩服。 虽然黄瑞生未曾吐露过真实身份，但他们在与他的相处中，不管时间长短，都心心相印，早已相信他一定是一名坚定的共产党人。

作为前南京市委委员的张惠如更是如此。

被捕前，张惠如曾听市委主要领导说过，黄瑞生被关押在苏州的十字监房三分监，并且担任监狱特别支部委员会的负责人，因涉嫌组织囚犯“罢饭”斗争被转送押到镇江进行“军法会审”，去年除夕夜越狱失败后不知去向。 张惠如知道黄瑞生有很多化名，他曾试探着问黄瑞生的被捕经过。 黄瑞生没有把真实情况和盘托出，但被捕的地点、时间都告诉了他。“6 月 18 日”“杨将军巷一号”。 当张惠如听到这两个关键词后，当时就会意地笑了，并且伸出双手与黄瑞生紧紧相握。

即使如此，两人也没有戳破那层纸。 张惠如理解黄瑞生的警惕性，他们这间号房里有十六七名囚犯，其中很多人是党的负责同志，但被捕前大多互不相识，不能排除有敌人的卧底。 他们的身份在被捕时敌人就已确认，而黄瑞生与他们不同。 敌人一直不能确认他就是中共南京市委书记黄瑞生，媒体上至今也没有公布他们的这一“清共”成果，这不仅抑制了敌人的嚣张气焰，还在客观上搅乱了敌人的“清共”大搜捕。

张惠如只能把话藏在心里，盼望着有说出来的那一天。

但黄瑞生就要和他们一起走上刑场了。

在这生命的最后时刻也不向狱友吐露真实身份，这该是多么遗憾的一件事。 张惠如在与狱友道别时，多么想告诉他们，眼前这个政治嫌疑犯就是我党的南京市委书记黄瑞生。但几次与黄瑞生的眼神交汇后，他不得不欲言又止。

次日，南京《民生报》第五版刊登一则消息：首都卫戍司令部，于昨日签提共党张慧如、傅天柱、夏东山、黄瑞卿、郭振青等5名审讯，该犯等均认加入共党，担任重要工作不讳，当即验明正身，绑赴雨花台执行枪决。

张惠如列5名被处决的共党之首，而黄瑞卿则列倒数第二。从这则消息中不难看出，直到血溅雨花台，敌人也没有确认黄瑞生真实身份，处决的仅是政治嫌疑犯黄瑞卿。

这是黄瑞生最后的胜利。

当黄瑞生和张惠如、傅天柱、夏东山、郭振青来到雨花台北边的那处高岗时，天虽然还黑着，但晨曦已露。

阵阵微风吹过，站在高岗上的黄瑞生嗅到了熟悉的香味。这香不同于玫瑰的浓烈，也有异于茉莉的清幽。香味醇厚，沁人心脾，黄瑞生兴奋起来，这是他久违了的桂花香！

黄瑞生情不自禁地张开嘴。当他闭眼贪婪地吸着桂花香时，耳边不由响起了那首曲牌为“八段锦”的家乡民谣，于是他就轻轻地哼唱起来：

小小鲤鱼是红鳃，
上街游到下的下街来，
头摇尾巴摆呀咳！
头摇尾巴摆呀咳！
打把金钩钓呀钓起来。

这悠美动听的曲调，不仅使并排站在高岗上的张惠如他们侧耳聆听，就连高岗下面准备行刑的刽子手们也垂下枪口竖起了耳朵。此时的黄瑞生已是忘我境界，眼前看到的不是敌人的枪口，而是漫山遍野的桂花树，他不再轻轻哼唱，而是亮开了嗓子。

枪声响了。

烈士倒下了。

但歌声还在天空中回荡——

八月桂花遍地开，
鲜红的旗帜竖呀竖起来，
张灯又结彩呀咳！
张灯又结彩呀咳！
红色政权建起来。

站在革命最前线，
不惜牺牲冲上前，
为的是政权呀咳！
为的是政权呀咳！
今日里是我们解放的第一天。

八月桂花遍地开，
土地法令贴出来，
打倒土豪和劣绅！
分田分地又废债！
劳苦工农翻身把头抬。

政府为的是人民，
人有政府作呀作家庭，
人人有家庭呀咳！
人人有家庭呀咳！

爱政府爱家庭要有一样心。

八月桂花遍地开，
参军的队伍一排排，
红星头上戴呀咳！
马刀磨得快呀咳！
革命红旗永远放光彩。

不爱家庭身无依，
不爱政府被的被人欺，
政府是人民的呀咳！
政府是人民的呀咳！
你爱政府就是爱自己。

八月桂花遍地开，
武装工农好气派，
保卫新政权呀咳！
消灭反动派呀咳！
跟着毛委员打出新世界。

红色政权是谁建立的，
是我们工农和士兵，
政权是人民的呀咳！
政权是人民的呀咳！
工农政权万万年。
亲爱的工友们呀咳！
亲爱的农友们呀咳！
唱一曲国际歌庆祝苏维埃。

后　记

民歌《八月桂花遍地开》是由一首曲牌为“八段锦”的古老民谣改编而成。

这首古老民谣叫《小小鲤鱼跳龙门》。

上世纪初，大别山区相继成立苏维埃政权时，人们都唱《八月桂花遍地开》，以此庆祝新政权的诞生。这一唱就传唱至今，经久不衰，使之成为经典。

有一尊名为《八月桂花遍地开》的大型雕塑，坐落在“大别山革命烈士纪念园”的大门左侧。这个位于六安城九墩塘畔的纪念园，因阜垒山，因洼疏池，纪念塔、纪念亭、纪念祠、陈列馆、浮雕、雕塑等建筑物，以其独特风格错落有致地依偎在亭台秀水之间，既凝重肃穆，又景色怡人。尤其是进入8月后，金桂摇曳、满园芬芳，凡悼者来到《八月桂花遍地开》雕塑前，无不驻足，轻声吟唱。

六安地处大别山北麓，位于安徽西部，地理意义上的“六安”即为“皖西”。公元前121年，汉武帝置六安国，因舜封皋陶于六(lù)，后世将其称为皋城。这座别称“皋城”的六安古城，不仅历史悠久，还遍布着众多红色遗存。这里是三大主力红军之一红四方面军的发祥地，这里是苏区鄂豫皖革命根据地的重要组成部分，这里是千里跃进大别山的主战场。在这片红色的土地上，留下了邓小平、刘伯承、徐向前、徐海东、郭述申、程子华等老一辈无产阶级革命家的战斗足迹，走出了洪学智、皮定均等 108 位功勋卓著的皖西籍开国将军。

为有牺牲多壮志，敢叫日月换新天。在纪念园烈士英名录档案里，有 30 余万皖西籍优秀儿女为党为国捐躯，被誉为“身入虎穴战贼子，血溅雨花垂英名”的烈士黄瑞生就是其中一员。

黄瑞生 1930 年 9 月英勇就义，时任中共南京市委书记，被追认为革命烈士已是他英勇就义的 20 年后。即使如此，他的亲人也是在 2008 年全国多家媒体联合寻找雨花台烈士亲人时才得知。其时他的父母、兄弟姐妹早已不在人间，而儿孙晚辈无一例外地还在大别山中的那个叫作沙家湾的小山村务农。

何以长期杳无音讯?

翻开尘封了 70 年前的那段历史，不难发现，这与黄瑞生的工作性质不无关系。离开六安不久，他就一直从事党的地下工作，斗争环境十分复杂。为了保守党的秘密，同时也为了亲人的安全，他只能长期隐姓埋名。他曾经用过的名字就有黄瑞生、黄人祥、黄瑞聊、黄子仁、黄瑞绅、王振荣、张姓等近 10 个，以致许多并肩战斗的同志都不清楚他的真实姓名，以及家在何处、还有哪些亲人。

其实他从没忘记过家乡和亲人，而是把那份情愫深深地埋在了自己的心底。虽然他不善歌唱，却常常哼唱家乡那首曲牌为“八段锦”的古老民谣。每当他哼唱时，脑海里一定浮现出了家乡的亲人、家乡的山川、家乡的桂花树。

就义前夕，他的家乡爆发了六霍起义，这首深受大别山区人民喜爱的古老民谣也被改编为歌颂苏维埃政权的《八月桂花遍地开》。当得知这些令人激动的消息时，他的内心该是多么的向往和憧憬。

也许冥冥之中，他心中的“八段锦”早就是《八月桂花遍地开》了。